FEMME PASSION

Paula Williams

LE JEU
DU VENT

**Avis à nos fidèles
ou nouvelles lectrices**

La seconde couverture est celle d'un des
4 titres de notre nouvelle collection à paraître
en janvier 90 en « Femme Passion »

COLLECTION
PASSION

Dans la même collection

JAN HUDSON

SOURCE VIVE

PRESSES DE LA CITÉ
PARIS

Titre original :

WATER WITCH

Première édition publiée par Bantam Books, Inc., New York, dans la collection Loveswept ®. Loveswept est une marque déposée de Bantam Books, Inc.

Traduction française de Florence Tarman

© 1988 by Jan Hudson
© Presses de la Cité, 1989 pour la traduction française
ISBN : 2-258-02934-1

1

LA tête reposant sur deux oreillers, Maxence Strahan regardait la télévision dans son lit, tout en grignotant nerveusement un plein bol de popcorn. Les yeux rivés sur l'écran, elle sentit son cœur chavirer lorsque le monstre informe et gluant s'extirpa du marais brumeux, sur un fond de musique propre à donner la chair de poule.

Un claquement, dehors, la fit sursauter. Elle s'assit vivement et écouta, les sens en alerte. Allongé près d'elle, le doberman émit un grognement et dressa les oreilles.

– Espèce de froussard, bredouilla-t-elle, honteuse. Ce n'est qu'une branche d'arbre qui tape contre le mur. Regarde, on arrive au moment le plus palpitant.

Sous la plainte insistante et sinistre des violons, la créature visqueuse se traînait déjà hors de l'eau, alors que dehors redoublaient les gémissements du vent mêlés aux grincements de la charpente. Maxence savait qu'elle n'aurait pas dû regarder ces films d'horreurs. Elle en ferait certainement des cauchemars, surtout dans cette petite ville perdue au milieu des collines texanes. Elle n'y connaissait personne, excepté le jeune garçon qui avait fait le plein d'essence de sa Dodge-Charger, l'après-midi.

Les portes étaient-elles verrouillées? Bien sûr. La petite maison de plain-pied, située au bord d'une rivière sinueuse, était douillette et confortable. Après avoir garé sa camionnette dans le garage attenant, Maxence avait soigneusement fermé la porte de la cuisine donnant sur l'arrière, sans oublier celle de devant, dont elle avait éclairé l'entrée afin d'atténuer l'ombre menaçante des énormes chênes du jardin. Et une lampe brillait encore dans le salon à la décoration luxueusement rustique. Il lui semblait donc ridicule de se laisser aller à imaginer qu'un monstre dégoulinant pouvait sortir des eaux de la Guadalupe, la rivière proche.

La jeune femme savait cependant qu'il était préférable d'éteindre le poste de télévision. Mais cela lui était impossible. Elle ne pouvait se passer de ces films d'horreur qui lui semblaient pourtant de la plus pure stupidité. Et puis, elle ne voulait pas se lever. Quelle créature rampante allait-elle trouver sous le lit?

Comme hypnotisée, Maxence regarda la terrifiante créature pénétrer dans la maison et grimper l'escalier vers la chambre de la petite fille. Du téléviseur montait sa respiration gutturale et laborieuse.

— Non, je ne peux pas, gémit-elle en détournant les yeux.

Alors que son regard se posait sur la fenêtre, ses yeux s'écarquillèrent et un cri rauque s'étrangla dans sa gorge : le châssis de la fenêtre à guillotine se levait lentement et une jambe d'homme se glissait par-dessus le rebord. Les pop-corns volèrent dans la pièce, suivis des oreillers et de la jeune femme elle-même qui se rua vers l'ouverture. D'un coup sec, elle rabaissa brutalement la vitre sur le tibia de l'intrus et hurla :

— Attaque, Sorcier!

De l'autre côté, une silhouette massive se débattait en essayant désespérément de rouvrir la fenêtre tandis que Maxence la tenait abaissée avec toute la force qu'elle possédait.

— Sorcier! enjoignit-elle au chien qui s'était fourré sous le lit. Viens m'aider, espèce de trouillard! Demain je t'envoie à la fourrière!

Malgré sa ténacité, elle commençait à lâcher prise. Dehors, lui parvinrent des « petite idiote » et « me briser la jambe », auxquels elle ne put que répondre :

— Monstre pervers!

Cherchant fiévreusement des yeux ce qui lui servirait d'arme, elle tomba sur sa trousse de géologue. De la pointe du pied, elle parvint à la tirer vers elle mais, malgré ses efforts, elle sentit le châssis céder de trois centimètres, puis de cinq autres. Enfin munie de son marteau, elle bondit et s'y appuya de tout son poids avant de taper sur les doigts qui commençaient à gagner la bataille.

— Espèce de sorcière! cria l'homme en se rejetant en arrière.

– Merci mon Dieu! soupira Maxence en constatant que la résistance avait cessé.

Il était tombé. La jambe toujours coincée sous le châssis à guillotine, il ne se relèverait pas de sitôt. Elle devait tenter sa chance. Saisissant une pique de sa trousse, elle l'enfonça à l'aide du marteau dans l'encadrement latéral de la fenêtre, en fit autant de l'autre côté et en planta carrément une troisième dans le rebord de bois, la faisant passer à travers le pantalon de l'intrus.

– Qu'en dites-vous, petit malin? s'écria-t-elle fièrement en envoyant valser la chaussure de l'homme à travers la pièce.

– Quant à toi, fit-elle au doberman peureux, tu peux sortir. Je te protégerai du méchant monsieur.

La queue basse, piteux, Sorcier se dirigea lentement vers sa maîtresse.

– Allez, je te pardonne. Viens, nous allons appeler la police.

– Bonne idée, intervint l'homme prisonnier de l'autre côté de la fenêtre.

Après son coup de téléphone, Maxence s'installa en tremblant à la table de chêne de la cuisine et attendit en se persuadant qu'elle était forte et qu'elle ne s'effondrait pas. Moins de dix minutes plus tard, sirène hurlante et girophares allumés, arrivait en crissant sur le gravier un véhicule de la police de Kerrville. La jeune femme se précipita pour accueillir l'adjoint du shérif.

– C'est par là, expliqua-t-elle en indiquant le côté de la maison.

– Vous, restez ici, madame. Je m'en occupe. Nous avons déjà eu des ennuis par ici avec un voleur. Et d'après ce qu'on dit, il est aussi malintentionné qu'astucieux.

– Il n'ira nulle part, rétorqua-t-elle. Je l'ai cloué à la fenêtre.

La lampe du shérif balaya la silhouette à la jambe emprisonnée. Maxence constata que son intrus portait un costume sombre et une cravate. Quelle tenue pour un cambrioleur! Elle repensa aussitôt à la chaussure de cuir souple cousu main qu'elle avait lancée au pied de son lit. Un mocassin italien. Quel luxe étrange!

– Salut, Sean, déclara l'adjoint, amusé, en relevant son chapeau du bout de son pistolet. On dirait que tu te trouves dans de beaux draps.

– Ça suffit, Dick, rétorqua l'homme sur un ton grinçant. Aidez-moi plutôt à me dégager la jambe de cette satanée fenêtre. Je crois qu'elle est cassée.

– Vous connaissez cet intrus, shérif? demanda Maxence, interloquée.

– Je ne suis pas un intrus, nom d'un chien! aboya-t-il. C'est plutôt vous!

– Absolument pas! J'ai le droit d'habiter ici. Buck Barton m'a donné la clé. Je suis entrée par la porte et non en grimpant par la fenêtre à minuit.

– Écoutez, observa Sean en tentant de reprendre son calme, ôtez-moi la jambe de ce piège et discutons-en tranquillement.

Maxence interrogea le shérif du regard.

– Il n'y a aucun danger, madame. Vous pouvez

aller débloquer le châssis et je lui dégagerai le pied.

– Qui est-ce? hasarda-t-elle tout de même.

– Je m'appelle Sean Garrett, répondit l'homme toujours allongé par terre. Je suis le neveu de Buck Barton. Maintenant, allez-donc relever cette fichue vitre!

Le neveu de Buck Barton? Maxence comprenait à présent! Comment avait-elle pu agir ainsi? Elle eut peur que, par sa faute, le projet qu'elle avait de travailler sur ces collines ne tombe à l'eau. Il ne lui restait que soixante-quinze dollars et elle arrivait à la limite du crédit que lui autorisait sa carte bancaire. Elle avait déjà un retard d'un mois sur ses mensualités et ne pouvait pas tout perdre aussi bêtement!

En arrivant près de la fenêtre, Maxence transpirait à grosses gouttes, malgré la fraîcheur relative de cette fin septembre. Passant la pointe de son mini-piolet derrière la pique d'acier qui bloquait l'ouverture du châssis, elle s'arc-bouta et la fit sauter. « Pauvre imbécile, songea-t-elle, furieuse, tu t'arranges toujours pour gâter les choses! » Elle ôta la deuxième pique, puis celle qui bloquait le pantalon de l'intrus. Peut-être pourrait-elle lui faire comprendre sa réaction peureuse...

Enfin, elle leva la vitre en soupirant et, sans se retourner, elle se rendit lentement dans le salon, s'attendant à l'inévitable. Tel un dragon crachant du feu, celui qu'elle avait pris pour un cambrioleur, se dirigea droit vers le porche et en ouvrit

12

violemment la porte. Sa jambe n'était pas brisée mais elle le faisait diablement souffrir. Cette fille allait déguerpir de là et vite fait!

Arrivé au seuil du salon, il s'arrêta net. Un ange aux longues jambes et à la peau dorée se tenait devant lui, se frottant nerveusement les mains et paraissant sur le point de pleurer. Elle avait les pommettes hautes, les lèvres pleines et une très légère fossette au menton. Et ce corps de déesse qui n'en finissait pas... Avec l'éclairage dans le dos, la fine chemise de nuit blanche qu'elle portait ne laissait guère de place à l'imagination.

Sean Garrett la voyait à présent en pleine lumière et la douleur qu'il ressentit tout à coup ne lui venait certainement plus de sa jambe. Sean essaya d'articuler une parole mais les mots restèrent prisonniers de sa gorge sèche. Immobile, il ne pouvait qu'admirer la rondeur de sa poitrine qui, sous le souffle court de la jeune femme, s'élevait pour se rabaisser aussi rapidement.

— Monsieur Garrett?

Sean dut faire un effort pour la regarder en face

— Appelez-moi Sean, la pria-t-il d'un ton malgré tout sévère.

Les yeux de Maxence balayèrent la silhouette masculine des pieds à la tête. Sean Garrett était grand; au moins un mètre quatre-vingt-dix. Il avait les hanches étroites et la mâchoire carrée tandis que ses épaules semblaient emplir l'encadrement de la porte. Sa peau était très brune et une lourde frange auburn lui recouvrait la moitié du front. Il émanait de lui la puissance d'un générateur. Dans d'autres circonstances, elle l'aurait trouvé fascinant mais, ce soir, elle n'avait qu'une envie : disparaître sous terre.

– Où... est le shérif ? balbutia-t-elle.

– Parti, répondit Sean en la contemplant comme s'il allait la dévorer vivante.

– Peut-être devriez-vous aller à l'hôpital ? Comment va votre jambe ?

– Ma jambe ?

– Oui, votre jambe... La fenêtre...

– Oh... oui ! se souvint-il en s'accroupissant plusieurs fois pour tester la souplesse. Ce n'est qu'une contusion ou un peu de peau éraflée, c'est tout.

Relevant la tête, il lui jeta un sourire en coin dangereusement séduisant.

– Écoutez, pour vous racheter vous pourriez tout simplement m'embrasser et nous n'en reparlerons plus.

Les lèvres de Maxence s'arrondirent en une moue de surprise indignée. Les poings serrés et se tenant le plus droit possible, elle déclara :

– Il n'en est pas question, monsieur. Qui a eu l'audace d'entrer de force dans ma chambre en me faisant une peur bleue ?

– Une peur bleue ? Vous n'avez pas l'air bien intimidée en ce moment, ironisa-t-il en laissant errer ses yeux sur la tenue transparente de la jeune femme.

Maxence blêmit, reconnaissant qu'elle se trouvait à peine vêtue devant cet inconnu qui la dévisageait. Terriblement vexée, elle partit s'enfermer dans la salle de bains en claquant la porte. Elle fouilla dans sa valise et en sortit un petit slip de coton blanc qu'elle enfila prestement, avant de passer une longue robe de chambre de flanelle rose pâle. Se sentant plus décente, elle attrapa le doberman par le collier et le secoua.

— Viens ici, poltron! Ah! tu peux dire que tu es un chien de garde!

Enfin, elle tourna lentement la poignée de la porte, n'osant même pas espérer que Sean se fût décidé à partir. Elle avait raison : il était assis dans un fauteuil recouvert de chintz, la jambe blessée reposant sur un pouf et son pantalon retroussé révélant une vilaine blessure à la hauteur du tibia. Instantanément, la rancœur de Maxence disparut.

— Ce n'est pas joli à voir. Je vais chercher ma trousse de secours pour vous soigner. Et toi, tu restes assis ici, ajouta-t-elle à l'adresse de Sorcier.

Lorsqu'elle revint au salon, elle trouva l'homme et le chien s'observant mutuellement avec méfiance. Difficile de dire lequel des deux était le plus nerveux. Se mordant la lèvre pour s'empêcher de rire, Maxence s'agenouilla près de Sean et entreprit de lui désinfecter sa plaie.

— Ange guérisseur, vous ne voudriez pas rappeler votre chien? demanda-t-il alors d'un ton inquiet. Je ne fais pas vraiment confiance à un doberman.

— Il est bien entraîné, ne vous en faites pas. Il ne vous ennuiera pas, sauf si vous faites un mou-

15

vement brusque. Et je ne m'appelle pas Ange mais Maxence.

– Quel drôle de nom pour une femme!

– Mon vrai nom est Angela Maxwell Strahan, mais on m'a toujours appelée Maxence. Ma mère aimait ce prénom.

– Dites-moi, Angela-Maxence, que faites-vous exactement dans la maison de mon oncle?

– Je travaille sur un projet pour M. Barton. Je pensais camper dans sa propriété, mais il n'a pas voulu en entendre parler.

Après avoir appliqué un baume sur la blessure, la jeune femme y posa un carré de gaze qu'elle recouvrit d'un bandage à peine serré.

– Il a ajouté qu'il possédait cette petite maison réservée aux amis de passage mais qui restait toujours vide. Et il m'a priée de m'y sentir comme chez moi.

Maxence sourit au souvenir du vieux visage buriné de ce chercheur de pétrole qui, un jour, avait été l'homme le plus riche de Houston.

– Hum, ça lui ressemble tout à fait, sourit Sean.

– A présent, vous savez ce que je fais ici. Et vous? je peux vous retourner la question. Pourquoi avoir essayé d'entrer de force?

– Je ne suis pas entré de force.

– Normalement, on utilise la porte.

– Eh bien voilà : je rentrais chez moi – j'habite un peu plus bas, au bout de la route – quand j'ai vu de la lumière ici. Sachant que mon oncle et ma tante se trouvaient à New York, j'ai pensé que des

16

gamins profitaient de leur absence pour faire les malins. j'ai frappé pendant cinq minutes à cette fichue porte d'entrée, sans obtenir de réponse.

— C'était donc vous? lâcha-t-elle, confuse. Je vous ai pris pour une branche d'arbre.

— Une branche d'arbre?

— Oui, qui tapait contre le mur à cause du vent.

— Je vois...

Depuis qu'elle le regardait, Maxence avait remarqué que les yeux de Sean brillaient d'un vert particulier, comme celui des genévriers qui grimpaient le long des collines pierreuses. Ou plutôt, ils ressemblaient à la couleur de jade de la Guadalupe, lorsque le soleil de midi éclairait la surface de cette rivière. Affolée, elle sentait que ces yeux devenaient de véritables aimants l'attirant vers lui. L'espace d'un instant, elle en resta comme hypnotisée. D'une certaine façon, Sean l'effrayait. C'était étrange : les hommes ne lui avaient jamais produit cet effet. Les monstres seulement... Or Sean n'avait rien d'un monstre. C'était bien un humain, en chair et en os.

— Voudriez-vous boire quelque chose? demanda-t-elle pour donner le change.

Pourquoi lui avoir proposé cela? Elle ne voulait pas qu'il reste. Il fallait qu'il parte. Il la rendait nerveuse.

— Je veux bien, répondit Sean d'une voix caressante. Je ne crois pas que mon oncle nous en voudra si nous lui empruntons un peu d'eau-de-vie.

Lorsqu'il souriait, les yeux qui se plissaient d'une manière charmante et les deux fossettes se

17

dessinant aux coins de sa bouche faisaient radicalement fondre Maxence. Elle enfonça les mains dans ses poches.

— Je m'en occupe, déclara-t-elle en se dépêchant vers le bar accolé à la haute cheminée de pierre.

Sean poussa un long soupir de bien-être. Puis, les coudes appuyés sur les bras du fauteuil, il se prit la tête entre les mains. Grands dieux, il transpirait! Jamais une femme ne lui avait procuré une telle sensation. Ses yeux noirs le brûlaient littéralement. Il avait envie de l'attirer à lui et d'embrasser ces lèvres pleines. Il avait envie de la caresser, de la découvrir... Quel tempérament de feu elle montrait!

Mais il devinait autre chose derrière ce regard sombre. Peut-être était-ce de la nervosité? Quoi de plus naturel? Elle ne le connaissait pas et il avait tenté d'entrer chez elle par effraction...

— Vous souffrez?

A cette question, Sean releva brusquement la tête.

— Un peu, c'est tout, avoua-t-il en se sentant légèrement coupable de ce mensonge.

Sa jambe restait bien le dernier de ses soucis. Il tendit la main pour saisir le verre qu'elle lui offrait.

— Mais je resterais volontier ici pour que vous me soigniez...

Bien sûr ce projet lui était capital... Mais Maxence s'en voudrait trop de devoir jouer toute la nuit avec cet entêté, si séduisant qu'il fût, uniquement pour préserver son travail. Se laissant tomber dans le canapé en face du fauteuil où était assis Sean, elle fit glisser ses jambes sous elle.

– Vous avez dû vous blesser plus durement que cela en jouant au football?

– Qu'est-ce qui vous fait croire que je jouais au football?

– Votre carrure.

– Ai-je vraiment l'air d'une brute? je suis doux comme un agneau. Ce genre de sport ne m'intéressait pas. J'ai seulement pratiqué le base-ball quelques temps, à l'université.

– Et que faites-vous maintenant?

– Rien. Absolument rien. Je suis à la retraite.

– A la retraite? Vous me semblez un peu jeune.

– Non, trop vieux, au contraire. J'avais l'intention de me mettre à la retraite à trente-cinq ans. Je me suis trouvé en retard d'un an sur mon programme.

Quelle audace! A son âge, riche comme il semblait l'être, monsieur pouvait s'offrir de partir à la retraite! Et elle qui s'échinait à trouver un travail intéressant, qui se battait pour vivre décemment...! Quelle injustice!

– J'imagine qu'à présent vous pouvez passer vos journées à vous balancer sur le fauteuil à bascule de votre terrasse, déclara-t-elle avec dédain.

– L'idée n'est pas mauvaise, rétorqua-t-il en ignorant son air sarcastique. Je pourrais même apprendre à chiquer et à cracher. Non, en fait, j'ai l'intention de me mettre à la pêche, d'agrandir ma maison, d'élever des moutons et peut-être des poulets. Et je veux aussi consacrer beaucoup de temps à la peinture. J'ai toujours voulu peindre. Le paysage ici est magnifique.

– Projets sympathiques, reconnut-elle en regrettant ses paroles acides. Ainsi vous êtes artiste ?

Haussant les épaules, Sean détourna la conversation.

– Sur quel genre de projet travaillez-vous pour Buck ?

– J'ai créé ma propre société de forage et je suis chargée de trouver de l'eau sur les terres de M. Barton.

– Excusez-moi, objecta-t-il en réprimant mal un rire moqueur, mais vous ne m'avez pas vraiment l'air d'un foreur. De toute façon, il n'y a pas la moindre goutte d'eau sur le terrain où mon oncle veut construire sa maison. Je suis bien placé pour le savoir puisque mon équipe de forage à déjà creusé sept ou huit fois le sol. S'il y avait une source, on l'aurait découverte. Cette propriété ne représente rien d'autre qu'une étendue de cailloux pourvue d'une très jolie vue. N'allez pas perdre votre temps ni l'argent de Buck.

– Vous possédez une société de forage ?

– Non c'est en fait une société qui construit aéroports et stades. Mais il nous faut creuser des puits pour trouver l'eau nécessaire à nos chantiers. Mon équipe était conduite par un homme qui connaissait son affaire : s'il disait qu'il n'y avait pas d'eau, il n'y en avait pas.

Un terrible pincement serra le cœur de

20

Maxence. Sean devait être le neveu dont Buck disait qu'il avait creusé des centaines de trous, toujours restés plus secs que les lèvres d'un menteur. Mais elle se refusait à croire qu'il n'y avait pas d'eau sur ces collines. Il fallait qu'il y en ait. Buck Barton avait le sentiment qu'elle coulait sous ces roches. Il n'avait pas fait fortune comme chercheur de pétrole sans être doué d'une excellente intuition. Maxence se faisait un devoir de le croire, d'avoir foi en son instinct. Elle avait besoin de ces soixante-quinze mille dollars.

— Je suis géologue, expliqua-t-elle. Et je travaille diablement bien. Ne vous en faites pas pour l'argent de Buck. Nous avons conclu un marché : si je ne découvre rien, il ne me paiera pas. S'il y a de l'eau à trouver, je la trouverai.

Posant fermement son verre sur la table basse, Maxence se leva et fixa Sean Garrett.

— Maintenant, prenez vos cliques, vos claques et... votre jambe et disparaissez d'ici. Je vais me coucher. Si ce n'est pas votre cas, moi, je dois travailler pour vivre.

2

LES coudes le long du corps, les jointures tournées vers le haut, Maxence tenait les deux extrémités de la fourche d'une branche de saule. Tout en guettant le moindre mouvement du bâton, elle marchait lentement à travers le terrain caillouteux.

D'un revers de manche, elle essuya la sueur qui perlait à son front. Il était déjà une heure et demie et elle n'avait parcouru qu'une infime partie du terrain. Jusqu'à présent, pas la moindre trace de veine souterraine. Pas une fois la baguette n'avait vibré entre ses doigt. Pas une fois la pointe ne s'était abaissée vers le sol. Sifflant son chien, elle s'assit sur un monticule pierreux et posa auprès d'elle la branche coupée ce matin. Peut-être ses dons n'étaient-ils qu'un peu rouillés ? Après tout, Maxence n'avait plus cherché d'eau depuis l'âge de treize ou quatorze ans, et ceci sous l'œil vigilant de son grand-père.

Lorsque Sorcier arriva en remuant la queue, elle lui gratta la tête et rit.

— Tu n'as pas de chance, toi non plus, mon

vieux? Je ne crois pas que nous trouverons de l'or, ici.

Elle sortit un bol de gros sac et lui donna à boire.

– Si au moins tu étais aussi bon à trouver de l'eau que du pétrole..., soupira-t-elle. Il nous faut cette source, tu sais.

Avant que le prix du brut baisse dramatiquement en lui faisant perdre son emploi à la société pétrolière Tex-Ram, deux ans auparavant, ils avaient formé tous deux une fine équipe. Sa baguette de sourcier et le nez du doberman avaient jusque-là donné de surprenants résultats. Personne ne connaissait son secret. Pas même John Ramsey, le directeur de Tex-Ram. Chacun assurait simplement qu'elle était une excellente géologue. Et chanceuse, par-dessus le marché, puisque les meilleurs chercheurs du coin ne creusaient que des trous secs.

Durant les trois ans où elle avait travaillé pour Ramsey, celui-ci l'avait généreusement récompensée. Après sa première découverte, il lui avait fait cadeau de la Dodge-Charger qui la conduisait fidèlement sur les terrains les plus accidentés. Puis, elle avait eu droit à une Trans Am neuve et, plus tard, à un voyage à Hawaii. Enfin, elle avait reçu plusieurs primes qui avaient aidé à verser le premier accompte sur la construction de sa maison. La dernière année, John lui avait même offert des parts sur la société. Il plaisantait souvent en prétendant qu'à la vitesse où elle allait, elle en posséderait bientôt plus que lui.

Mais avec la chute du prix du pétrole, Tex-Ram suivit le chemin des autres petites sociétés et dut fermer boutique. Et les géologues qui y travaillaient se retrouvèrent sans emploi. Maxence se dirigea vers sa camionnette et sortit de la glacière un sandwich et une pomme. Puis elle revint vers le monticule où elle s'assit pour déjeuner en pensant aux jours heureux chez Tex-Ram et aux longues promenades qu'elle avait effectuées en compagnie de son grand-père.

Sean Garrett s'arrêta au milieu de la montée vers la crête et observa Maxence qui grignotait sa pomme. Elle était jolie, même en jean et chaussures de montagne. La nuit entière et le matin suivant, il n'avait cessé de penser à elle. Ses beaux yeux noirs lui hantaient l'esprit mais il avait en partie réussi à se convaincre que son imagination exagérait l'attirance qu'il éprouvait pour la jeune femme.

Il avait tort.

Sa chevelure tressée en une natte qui lui retombait sur l'épaule avait la couleur des herbes soyeuses dorées par le soleil d'été. Il mourait d'envie d'immortaliser la courbure douce de sa hanche ainsi que la finesse de ses longues jambes fuselées. Mieux encore que sur une toile, il désirait capturer cette beauté dans ses bras.

Des cailloux dégringolant de la butte sortirent Maxence de sa rêverie. Elle se retourna et aperçut Sean, les pouces plantés dans les poches de son jean, marchant vers elle d'un pas nonchalant. Une

24

épaisse chemise de couleur rouille, assortie à ses cheveux et à ses bottes de cow-boy, renforçait encore sa silhouette athlétique. Un sentiment particulier s'immisça en elle. Il lui sembla encore plus beau que la veille.

— Bonjour! lança-t-il avec un immense sourire. Vous avez trouvé de l'eau?

— Pas encore. Je dois d'abord faire connaissance avec ces terres. La vue est magnifique, n'est-ce pas? Je commence à comprendre pourquoi Mme Barton voudrait y construire une maison.

Sean s'assit non loin de Maxence et suivit son regard sur les collines où poussaient en masse cactus et genévriers sauvages.

— C'est encore plus joli au printemps, vous savez, renchérit-il. Lorsque fleurissent les bluebonnets, la région entière n'est plus qu'une mer bleue. Savez-vous que c'est la fleur du Texas?

— Bien sûr. Et, d'après le nombre de tableaux les représentant, je crois comprendre que votre tante les adore.

— Vous devriez voir sa maison de Houston : elle en est pleine. Elle n'hésite pas à les suspendre entre ses Renoir et ses Wyeth et en fait chaque année cadeau à la famille.

— C'est merveilleux. Elle mérite de posséder une maison ici, d'où elle pourra admirer les collines. Moi aussi j'ai toujours aimé cette région. D'ici un mois, le sumac va prendre une teinte orangée. Mon grand-père disait toujours que cette plante transformait la colline en une traînée de feu.

— Votre grand-père?

— Oui. Il a habité ici jusqu'à ce que son arthrite le force à vendre son affaire pour s'installer dans l'Est avec sa sœur. Il possédait une société de forage d'eau, à Kerrville. Jusqu'à l'âge de quatorze ans, j'ai passé tous mes étés ici avec lui. Je l'adorais. Il est mort moins de trois ans après avoir quitté les collines.

— Ainsi, vous perpétuez les traditions familiales, déclara Sean en saisissant la baguette en forme de fourche dont il se mit distraitement à arracher l'écorce. Êtes-vous géologue spécialisée dans les eaux souterraines?

Horrifiée de constater que Sean mutilait inconsciemment sa baguette de sourcier, Maxence dut prendre sur elle pour ne pas lui crier d'arrêter. Sachant qu'elle ne supporterait pas d'entendre ses railleries, elle ne pouvait décemment lui avouer qu'elle se considérait comme une sorcière de l'eau.

— Je vous demande pardon?

Combien de temps lui faudrait-t-il encore pour retourner à la rivière, cueillir à nouveau une branche de saule et la tailler à la forme voulue?

— Je vous demandais si vous étiez spécialiste de l'eau.

— Non, pas du tout, bredouilla-t-elle. Je n'ai aucune spécialisation en hydrogéologie. J'ai plutôt travaillé dans la recherche du pétrole. Mais j'ai beaucoup d'expérience pratique et je peux vous assurer qu'il y a de l'eau ici. J'en trouverai.

— Comment avez-vous connu Buck?

26

– Au Petroleum Club de Houston. Il m'a parlé de ses problèmes et j'ai accepté de venir étudier les lieux.

Maxence omit volontairement de préciser qu'elle ne travaillait qu'en tant qu'hôtesse dans ce club qui attirait les plus grands hommes d'affaires du pétrole. Sur place, elle restait au courant de toutes les rumeurs circulant à propos de l'or noir et elle s'était mis en tête de pouvoir trouver un travail de consultant pour une société ou une autre. Cependant ses recherches n'avaient encore rien donné.

Maxence avait même tenté de vendre les droits de quelques chansons qu'elle avait écrites mais, malgré l'intérêt que lui avait porté l'agence Bullock de Nashville, rien n'en était sorti. Cela traduisait pour elle la fin d'un rêve. Sa maison même avait été mise en vente par sa société de crédit et elle préférait mourir plutôt que de laisser à son père, qu'elle n'avait pas vu depuis neuf ans, la satisfaction de constater qu'elle ne réussissait pas.

– A présent, si vous voulez bien m'excuser, dit-elle en se levant, je dois retourner travailler.

– Parfait, je vous suis, annonça-t-il en achevant de mettre en pièces la baguette de saule.

– Je suis sûre que vous avez bien mieux à faire que me regarder.

– Non. Je n'ai rien à faire.

Mon dieu!... Et dire qu'elle l'avait trouvé séduisant! Maintenant, elle avait plutôt envie de l'étrangler avec du fil de fer barbelé rouillé. Il fal-

27

lait qu'elle trouve une nouvelle branche. Retourner à la rivière lui prendrait une heure ou deux. Maxence perdait un temps précieux. Elle devait d'une façon ou d'une autre se débarrasser de Sean Garrett. Poliment, si possible.

– C'est une si belle journée. Vous devriez être en train de pêcher.

– C'est déjà fait. J'ai quelques jolies prises. Voulez-vous venir dîner et m'aider à les manger?

– Non, je ne veux pas. Pourquoi ne pas aller peindre, ou vous occuper de vos chèvres et de vos poulets afin de me laisser travailler?

– Des moutons, pas des chèvres. Et j'ai quelqu'un qui les garde. Et puis, je préfère vous regarder. Alors par quoi commençons-nous?

Maxence savait parfaitement ce qu'elle pouvait lui conseiller de faire mais elle préféra rester polie.

– Je dois aller à Kerrville pour y acheter des plumes à dessin. Je crois que j'ai oublié les miennes.

– Très bien, je vous accompagne. Je sais où en trouver. J'ai moi-même besoin de matériel de peinture.

– Peut-être pourriez-vous prendre votre voiture. Cela vous éviterait un voyage supplémentaire.

– Il n'y a pas de danger : Je n'ai pas de voiture.

– Comment êtes-vous arrivé jusqu'ici?

– Le garagiste qui la répare m'a déposé au pied de la colline. Je voulais vous proposer de dîner ensemble ce soir et j'ai pensé que vous ne verriez pas d'inconvénient à me reconduire chez moi.

Trois heures et demie plus tard, Maxence rongeait son frein en aidant Sean à charger son matériel de peinture à l'arrière de la Charger. Alors qu'elle avait fait l'acquisition de crayons de couleurs dont elle n'avait même pas besoin, il avait pratiquement acheté le magasin entier, tout en prenant le temps de bavarder et de rire avec quelques artistes du cru, et cela avec une merveilleuse aisance.

Pas de doute de ce côté, Sean avait un charisme? Un charisme qui piégeait le premier venu s'il n'y prenait pas garde. Et la jeune femme ne s'était pas méfiée. Jusqu'au doberman qui le suivait partout, lui léchant les mains et le considérant avec une dévotion grandissante.

Aucun espoir de travailler cet après-midi. Le temps qu'elle dépose chez lui Sean et son barda, qu'elle trouve et taille une autre branche de saule et retourne à la colline, il ferait presque nuit. Quelle poisse!

En quittant la vendeuse qui lui coulait un regard de velours, Sean promit :

— Nous nous reverrons à la réunion de l'Association des artistes, mercredi prochain. Nous y viendrons tous deux, n'est-ce pas, ma chère? ajouta-t-il à l'adresse de Maxence en lui passant le plus naturellement du monde le bras autour des épaules.

Se dégageant prestement, la jeune femme referma violemment le battant arrière de la camionnette et, d'un pas décidé, elle prit place au volant. Elle mit le moteur en route, poussa la radio à fond et, avant même que son passager ait eu le temps de refermer la portière, elle démarra en trombe en faisant hurler les pneus.

Interdit, Sean la regarda en baissant le volume du poste.

— Qu'est-ce qui se passe?

— Je n'aime pas que l'on se serve de moi ainsi pour en remontrer aux vendeuses du coin, rétorqua-t-elle en tournant à nouveau le bouton de la radio.

— On dirait que vous êtes jalouse, articula-t-il dans un sourire à l'éclat machiavélique.

— Quoi? aboya-t-elle.

— Vous êtes jalouse, répéta-t-il.

— Jalouse! Et pourquoi le serais-je? Je vous connais à peine.

Cette fois, ce fut elle qui baissa le son.

— Je suis fâchée, poursuivit-elle. Furieuse! Je viens de gâcher un après-midi entier à vous écouter débiter vos fadaises à qui voulait les entendre. Voilà! Je ne suis pas à la retraite, moi! Je ne peux pas me le permettre. J'ai du travail.

Assis derrière elle, Sorcier vint lui coller sa truffe humide contre la nuque. Maxence lui passa une main rassurante sur la tête.

— Ça va, mon beau, ce n'est pas à toi que j'en veux.

Sincèrement ennuyé, Sean pressa ensuite l'épaule de Maxence.

— Je regrette ce qui s'est passé, Angela. Demain je viendrai vous aider. Nous nous lèverons tôt et nous rattraperons le temps perdu.

– Ah non, je préfère travailler seule!

L'énergie qui se dégageait des doigts de son passager semblait s'infiltrer à travers le corps de Maxence. Son pouce, qui allait et venait sur son bras, lui déclenchait des frissons en discontinu. Repoussant sa main, elle mit en route la climatisation pour se libérer de la chaleur soudaine qui l'envahissait.

Comment pouvait-elle réagir ainsi devant cet homme? Ce n'était rien d'autre qu'un enquiquineur déplaisant et sûr de lui. Et elle devenait folle à l'idée qu'elle se mettait à ronronner lorsqu'il l'approchait. Quelle stupidité! D'un geste rageur, elle augmenta le volume de la radio.

– On dirait que vous aimez la musique country, observa Sean, amusé. Moi aussi...

Il posa à nouveau son regard sur Maxence qui se concentrait sur la route, comme si elle parcourait les cinq cents miles d'Indianapolis. Bon sang, il y avait en elle quelque chose d'extraordinaire!

Cette jolie créature possédait suffisamment de flamme pour le tenir à ses pieds! Elle était fascinante et visiblement brillante. Aucune femme n'avait le droit de se montrer aussi séduisante. Chaque cellule de son corps était prise de folie lorsqu'il se trouvait à moins de cent mètres d'elle. Son attirance devenait plus que physique. Sean voulait tout savoir d'elle apprendre ses secrets. La faire rire...

Maxence était-elle la femme qu'il cherchait depuis si longtemps? Plus il la regardait, plus il en était certain. Elle arrivait à point nommé.

La détermination qu'il lisait sur son visage l'amusait. Même si, en ce moment, elle préférait mourir plutôt que de l'admettre, Sean soupçonnait qu'elle éprouvait de l'attirance pour lui. Cela prendrait sans doute du temps, mais il avait en tête des projets concernant Angela Maxwell Strahan.

Et ce que Sean voulait, il l'obtenait toujours. De quelle manière que ce soit. Il était patient et persévérant.

— Vous tournerez à gauche en haut de la colline.

L'allée menant à sa maison était ombragée d'une magnifique arche de chênes. L'endroit lui parut si féérique que Maxence en eut le souffle coupé.

— C'est... c'est merveilleux.

— N'est-ce pas? Voici ma maison.

Une ancienne demeure de pierre, parfaitement intégrée au paysage, s'élevait en face d'eux. Sean descendit de voiture et grimpa les marches de la terrasse, tout aussi bouleversé que le jour où pour la première fois, il avait découvert cette maison, dix ans auparavant. Elle faisait aujourd'hui partie de sa vie et il voulait que Maxence la considère de la même façon.

Lui tendant la main pour l'aider à monter, il demanda :

— Aimez-vous le poisson grillé?

— J'adore ça, répondit-elle machinalement, stupéfaite de la vue qui s'offrait à elle.

— Bien. Je demande à Loma d'arranger cela.

– Arranger quoi? Qui est Loma?

– Ma domestique. Elle va nous préparer un repas.

– Je vous ai dit que je ne dînais pas avec vous.

– Mais vous venez de répondre que vous aimiez le poisson grillé, répliqua-t-il sans se démonter.

– Oui, mais...

– Je les ai pêchés spécialement pour vous. En votre honneur, Loma a déjà cuisiné le plat d'accompagnement. Vous adorerez.

La proposition était tentante.

– Est-ce oui? demanda-t-il en lui prenant la main.

– Je crois que... Oui, concéda-t-elle enfin. Mais je ne suis pas habillée pour dîner.

– Ce n'est pas un problème, la rassura-t-il en la conduisant à l'intérieur avant qu'elle change d'avis. Vous pouvez prendre une douche dans une des chambres d'amis. Adrienne et Linda laissent habituellement une tonne de vêtements pour leur séjour ici. Vous trouverez certainement quelque chose qui vous ira.

– Adrienne et Linda?

– Ma sœur et sa fille, expliqua-t-il.

Sean ouvrit la porte d'entrée qui révéla une grande salle semi-circulaire au plafond haut, dont la face ouest ne formait qu'une immense baie vitrée arrondie donnant sur le jardin. Les autres murs étaient lambrissés de chêne clair; une énorme cheminée de pierre blanche trônait au centre de la pièce et le parquet était recouvert de tapis navajos. Les meubles de cuir noir ou tendus de gros coton indien multicolore s'harmonisaient parfaitement avec l'ambiance rustique et confortable du hall.

– Sean, votre maison est merveilleuse, articulat-elle, médusée.

– Je vous montrerai le reste plus tard. Prenez votre temps, pendant que je débarrasse la Charger.

Une demi-heure plus tard, Maxence s'était douchée, séché les cheveux, et attendait, vêtue de ses vêtements d'emprunt, dans le grand salon dont elle admirait les diverses peintures et sculptures. Elle n'avait pas eu de mal à trouver une tenue qui lui plaisait : une robe indienne de fine cotonnade turquoise, assortie à des sandales se même couleur l'avait séduite. Et elle avait laissé sa chevelure retomber naturellement sur les épaules.

La collection de tableaux et d'œuvres d'art l'impressionna, mais elle ne trouva aucune toile signée de Sean Garrett. Sans doute était-il trop modeste.

Appuyé contre l'arche donnant accès au salon, Sean la contemplait. Elle étudiait un Windberg, l'un de ses favoris. Mon Dieu, qu'elle était belle! C'était comme si elle faisait partie intégrante des lieux. Sentant son cœur se gonfler dans sa poitrine, il se demanda comment il parviendrait à se retenir plus longtemps de poser les mains sur elle.

Doucement, il arriva derrière la géologue et lui plaça les paumes sur les épaules.

34

– Vous ressemblez à une jeune Indienne blonde.

Maxence se retourna brusquement, la main sur la gorge.

– Vous m'avez fait peur! Un de mes ancêtres vous aurait scalpé pour m'espionner ainsi.

– Je ne vous espionnais pas. Vous sembliez perdue devant cette peinture... Je me demande malgré tout d'où vous viennent ces pommettes hautes et ces yeux noirs. Cheyenne? Cherokee?

– Rien de tout cela, s'esclaffa-t-elle. Mon arrière-arrière-grand-mère était apache. Le sang s'est quelque peu dilué avec le temps. Vous auriez dû voir mon grand-père. Il avait le profil d'un médaillon indien.

– Le chercheur de pétrole?

Maxence acquiesça en souriant.

– Que désirez-vous boire? Du vin?

– Un whisky. Sec.

Pour le moins surpris, Sean leva les sourcils.

– En travaillant sur les gisements de pétrole, j'ai appris à aimer des boissons autrement plus fortes que le vin blanc.

– Écoutez, je vous propose tout de même un Riesling du Texas, du comté de Llano. Il est délicieux.

En riant, Maxence accepta. Et elle continua de rire tout au long de la soirée. Sean était sans aucun doute un charmeur. Tout le monde paraissait l'aimer. Loma Mendez, son opulente cordon-bleu mexicaine, en fournissait la preuve radieuse.

– Sean, déclara-t-elle plus tard alors que la cuisinière s'affairait à leur préparer un dessert, vous devriez la détromper. Elle semble... on dirait que... elle croit que nous... enfin, qu'il y a quelque chose entre nous.

Affichant un sourire désarmant, il prit la main par-dessus la table. Son pouce lui effleura douce-ment le poignet et elle sentit un frisson délicieux la parcourir.

– Et pourquoi pas?

– Certainement pas, lâcha-t-elle en retirant aussitôt le bras pour saisir son verre d'eau.

Amusé, son hôte détourna diplomatiquement la conversation. Peu à peu, Maxence s'aperçut qu'elle appréciait la compagnie de Sean. Son pro-fond rire de gorge semblait vibrer en elle, ses longs doigts souples la charmaient, sa façon de la regarder la troublait. Mais elle ne devait absolu-ment pas laisser son regard caressant la détour-ner du but qu'elle s'était fixé.

Après le dîner, prête à repartir, elle s'efforçait de revenir à la réalité lorsque Sean lui proposa de conduire la Charger pour la raccompagner chez elle.

– Et comment rentrerez-vous?

– A pied.

– C'est beaucoup trop loin.

– Par la route, oui. Mais votre maison est tout près, à travers bois. Il n'y a pas plus d'un kilo-mètre.

– Il fait sombre, objecta-t-elle.

– J'emporte une lampe de poche.

En soupirant, Maxence abandonna. Elle eut

vite fait d'apprendre que, lorsque Sean voulait quelque chose, il faisait tout pour l'obtenir. Quelques minutes plus tard, ils se retrouvèrent devant la petite maison de pierre et il insista pour ne repartir que lorsqu'elle serait à l'intérieur et aurait allumé une lampe.

Ouvrant la porte, elle se retourna et sentit son hôte tout près d'elle.

— Sorcier et moi vous remercions pour ce dîner.

— Je vous en prie, murmura-t-il avant de se pencher pour lui effleurer les lèvres d'un baiser léger.

La main sur la bouche, comme pour garder souvenir de ce bref mais délicieux contact, Maxence le regarda s'éloigner. Enfin, elle se secoua en se rappelant qu'elle était là pour trouver de l'eau. Il ne fallait pas qu'elle s'écarte de son sujet. L'arrivée de Sean dans sa vie tombait très mal...

Vêtue de sa chemise de nuit, sa guitare à la main, elle s'installa sur la terrasse de bois et se mit à chanter les bribes d'un air qu'elle avait composé sur la rivière Guadalupe.

3

Au moment où le soleil commençait à chasser la brume du matin, Maxence ouvrit la porte pour laisser sortir Sorcier et trouva Sean appuyé contre la rambarde de la terrasse. Cela devrait être illégal de paraître ausse beau...

— Que faites-vous ici à cette heure? demanda-t-elle en plissant encore la paupière.

— Je vous attends. Souvenez-vous, je vous ai promis de vous aider à rattraper le temps perdu.

— Je n'ai pas encore pris le petit déjeuner, protesta-t-elle. Et je ne peux rien faire avant d'avoir avalé une tasse de café. Allez-vous-en.

— Ce n'est pas grave, répliqua-t-il en entrant dans la maison sans y être invité. Loma a préparé de délicieux *muffins*. Ils sont encore chauds. Je fais le café... pendant que vous vous habillez. A moins que vous ne préfériez rester comme cela...

Maxence baissa les yeux. Elle portait encore la fine chemise du fameux soir où... Rougissante, prête à l'étrangler, elle fila dans sa chambre et claqua une fois de plus la porte, ce qui fit trembler les murs. Elle se vêtit et se maquilla en se demandant bien pour qui elle se donnait tant de mal. Certainement pas pour Sean ! Il avait beau se montrer des plus séduisants, ce n'était pas lui qui l'aiderait à payer sa maison. Tomber dans les bras de ce cow-boy ne faisait pas partie de ses plans. Elle réussit à se convaincre que la soirée de la veille avait été une erreur.

Comment allait-elle pouvoir se concentrer sur son travail, avec Sean dans les pattes ? Comment utiliser tranquillement sa baguette de sourcier sans qu'il lui rie au nez ? Furieuse, elle le rejoignit à la cuisine.

Sean se tenait contre le bar, une tasse à la main, le doberman couché à ses pieds. Sur la table, Maxence aperçut les *muffins* tièdes, un jus d'orange frais et le café fumant.

— Boujour, Angela. Prête pour la petit déjeuner ? Je vous aurais bien préparé des œufs mais je n'en ai pas trouvé.

— Je n'en prends pas, marmonna Maxence en s'asseyant sur la chaise qu'il lui avança. Le cholestérol, vous devez savoir ça...

Ravivée par la boisson bouillante, elle trouva les petits pains de Loma délicieux. Puis, tendant la main vers le jus de fruit, elle se reprit.

— Où avez-vous trouvé du jus d'orange ?

— Dans le congélateur du garage. Je suis sûr que Nounours, ma tante, ne m'en tiendra pas rigueur.

Légèrement hésitante, elle but le nectar qui lui parut divin avant d'annoncer :

— Sean, j'apprécie réellement votre proposition

de m'aider mais je suis sûre que vous avez autre chose à faire.

— Non, j'ai la journée entière pour moi.

— Je crois que votre présence va me distraire de mon travail. Je préférerais rester seule.

— Je serai sage comme une image. Vous ne vous rendrez même pas compte de ma présence.

Un sentiment de désespoir envahit l'esprit de Maxence. Cet homme avait la sensibilité d'un bloc de granit. Il ne comprenait rien. Ouvrant le réfrigérateur, elle partit à la recherche d'un jambon avec lequel elle pourrait se préparer son sandwich du déjeuner.

— Vous cherchez quelque chose ?

— Oui. Il y avait un morceau de jambon...

— Ça ? Je l'ai donné au chien. Il avait l'air d'en avoir envie.

— Quoi ? lâcha-elle, anéantie, en se laissant tomber sur les genoux.

Cet idiot avait donné à Sorcier ses provisions d'une semaine ! Si elle n'avait pas été hors d'elle, Maxence aurait éclaté en sanglots. Depuis plusieurs mois, elle tentait d'économiser sur sa nourriture afin de tenir le coup. Elle avait vendu sa Trans Am et tout ce qu'elle possédait comme objets de valeur pour parvenir à payer ses crédits. Plus de restaurant, ni de cinéma. Elle se refusait tout. Et pourquoi ? Pour que ce gosse de riche avec sa Rolex au poignet dispose du peu de ravitaillement qui lui restait comme si cela ne valait rien. Comment osait-il ?

Les poings serrés de colère, elle hurla :

— Hors d'ici ! Fichez le camp avant que je vous étrangle !

— Que se passe-t-il, Angela ? demanda-t-il, interloqué. C'est le jambon ? Je ne crois pas que cela puisse lui faire du mal.

— Espèce de balourd insensible ! De quel droit avez-vous donné mon jambon à Sorcier ? Il a tout ce qui lui faut. Partez. Disparaissez. Hors de ma vue.

— Mais, Angela...

— Partez. Immédiatement !

Sean hésita un moment puis, haussant les épaules en signe d'impuissance, il tourna les talons et sortit.

Exaspérée, Maxence alla rassurer son chien inquiet. Elle s'en voulait d'avoir agi comme une louve affamée défendant sa nourriture. Depuis qu'elle se trouvait ici, elle avait les nerfs à fleur de peau. Que faisait la femme mature qu'elle croyait être, pleurant, à genoux sur un morceau de viande perdu ? Ce n'était cependant pas la disparition du jambon qui l'inquiétait mais ce que celle-ci représentait : l'état de pauvreté auquel la jeune femme se trouvait réduite et la peur qu'entraînait cette situation étaient épouvantables.

Pourtant, Maxence n'était pas stupide. Elle s'en sortirait. Il le fallait. A n'importe quel prix. Seulement, pourquoi avait-elle laissé Sean Garrett s'immiscer en elle ? D'ordinaire, lorsque la colère s'emparait d'elle, la jeune femme parvenait tant bien que mal à se dominer. Et voilà que cet homme lui retournait complètement l'esprit. Comment osait-il?

Pauvre Sean. Elle ne l'avait même pas remercié de ce délicieux petit déjeuner. Il devait penser qu'elle avait perdu la tête. Ce soir, elle appellerait pour s'excuser de sa conduite.

« Au moins, songea-t-elle, j'ai trouvé le moyen de me débarrasser de lui. »

– Viens, Sorcier, allons nous trouver une autre baguette pour dénicher cette eau.

En repartant vers son domaine, Sean se demanda ce qui avait pu mettre Maxence dans un état pareil. Il avait eu mal au cœur de la quitter ainsi, mais elle ne semblait de toute façon pas prête à l'écouter. Il n'y comprenait plus rien. Comment avait-elle pu s'énerver à ce point devant la perte d'un morceau de jambon? Maxence ne pouvait pas lui en vouloir d'avoir gâté le chien, elle qui adorait son animal. La veille au soir, il l'avait même surprise lui faisant avaler un peu de fromage et de la tarte aux pommes.

Il devait y avoir autre chose. Ces quelques tranches de viande étaient-elles tout ce qui lui restait à manger? Non, ce ne pouvait être cela. Et pourtant...

Quelques coups de téléphone à ses amis de Houston le renseigneraient certainement sur le passé de Maxence.

Vers midi, les espoirs de la jeune femme commencèrent à s'amenuiser. Pas une fois la mince branche de saule n'avait vibré entre ses doigts. La seule eau des environs semblait se trouver dans sa Thermos. Mais il était trop tôt pour abandonner. Il y en avait du terrain à parcourir ! D'après les études qu'elle avait faites des cartes des eaux souterraines, la meilleure chance de trouver de l'eau restait de sonder les veines des roches, ceci s'avérant la tâche la plus difficile.

Elle s'arrêta pour déjeuner d'un sandwich à la mayonnaise. Rien de bien excitant, mais c'était tout ce qui lui restait.

En se dirigeant vers la Charger, Maxence eut la surprise de trouver Sean étalant une nappe à carreaux bleus sur le monticule où elle s'était assise la veille. Avant qu'il l'aperçoive, elle s'empressa de faire disparaître dans un buisson sa baguette de saule.

— Ah ! vous voici ! observa-t-il en souriant comme s'il avait oublié la scène du matin. J'étais sur le point de partir à votre recherche. Loma nous a préparé un pique-nique.

— Sean, il ne fallait pas. Je suis honteuse de ma conduite. Je ne sais pas ce qui m'a pris. Je traverse une mauvaise période en ce moment.

— Peut-être voulez-vous vous confier un peu ? Maxence répondit négativement.

— Vous êtes sûre ? Je sais écouter et nous avons tous besoin de nous confier de temps à autre.

— Il n'y a rien de dramatique, vous savez. Mais merci de me proposer votre aide.

Sean installa des assiettes en carton dans lesquelles il répartit du poulet grillé, une salade composée ainsi que des petites pommes de terre chaudes, cuites à cœur. Puis, sous le regard étonné de son invitée, il emplit deux verres de lait.

— Du lait?

— Oui, c'est excellent pour vous. C'est plein de calcium. Vous ne regardez pas la publicité à la télévision?

Un sourire radieux de petit garçon lui éclairait le visage lorsqu'il posa la question:

— Alors, n'est-ce pas meilleur que votre morceau de jambon?

— Infiniment meilleur, reconnut-elle avec l'envie irrésistible de le serrer dans ses bras comme un chiot.

Pourquoi se montrait-il si gentil? Elle ne le méritait certainement pas. Tout autre que lui aurait fui après la sortie dont elle l'avait gratifié, dès le matin. Et pourquoi ressentait-elle le besoin urgent de s'asseoir sur ses genoux pour se faire câliner à son tour? Maxence se surprit à admirer les longs muscles de ses avant-bras pendant qu'il dévorait son morceau de poulet. Puis elle les vit se figer et constata que Sean la considérait de la plus étrange façon. Elle lut dans son expression un mélange de tendresse et de quelque chose d'indéfinissable. Ce regard était si puissant qu'elle fut incapable d'avaler la bouchée qu'elle venait de croquer.

A la fin du repas, Maxence se leva pour aider Sean à ranger la vaisselle mais il l'en empêcha.

— Je m'occupe de tout. Êtes-vous sûre de ne pas vouloir de gâteau au chocolat?

– Je crois que j'ai mangé pour trois jours, répliqua-t-elle. Merci pour ce délicieux pique-nique. Et remerciez Loma de ma part.

Debout, les mains sur les hanches, il la regarda s'éloigner. Maxence se retourna en lui faisant un dernier signe de la main qu'il lui renvoya.

Allait-il partir? Cachée derrière un épais buisson, elle l'observa tandis qu'il emballait le reste des affaires puis... en déballait d'autres : un chevalet, un tabouret pliant, une boîte de bois. Mon Dieu! Il allait rester là et se mettre à peindre! Maxence n'avait plus qu'à rechercher un endroit où travailler hors de sa vue. Soupirant d'exaspération, la jeune femme retrouva sa baguette et partit en direction des pentes rocheuses.

Plusieurs fois pendant les deux heures qui suivirent, Maxence trébucha et tomba nez contre terre. Et cela se produisait chaque fois qu'elle pensait à ces larges épaules, ce large torse, ce large sourire, à ces cheveux auburn ou à ces magnifiques yeux verts. Sean Garrett commençait à causer de sérieux dégats dans son esprit.

Au milieu de l'après-midi, elle n'avait toujours pas trouvé trace d'une veine quelconque dans la roche. Aussi décida-t-elle de rentrer son bâton de sourcier et de faire demi-tour vers sa camionnette. Sean se trouvait encore près du monticule. Il peignait, Sorcier couché à ses pieds. Maxence avait osé espérer qu'il ait disparu, mais en vain. Il lui restait une vague intuition à propos d'un endroit à sonder mais il se trouvait en plein dans le champ de vision de Sean.

Eh bien, Maxence allait s'en débarrasser. Elle n'avait plus de temps à perdre par la faute de cet étranger. Il fallait qu'il disparaisse d'une façon ou d'une autre.

Un pinceau entre les dents, un autre dans la main. Sean se concentrait sur sa toile. Lorsqu'il l'entendit arriver, il leva la tête et sourit. Maxence sentit son cœur chavirer. Diablement difficile de rester en colère devant un tel sourire !

D'accord, elle l'admettait... Elle n'était pas plus immunisée que n'importe qui contre le charme de Sean. A la vérité, elle avait plutôt envie de l'embrasser que de le chasser. Mais elle allait le faire partir. Il le fallait.

— Alors, lança-t-il, ce gâteau vous tente-t-il, maintenant ?

— Ça va être difficile, sourit-elle. Ce déjeuner m'a comblée.

Curieuse, elle glissa un regard vers la toile qu'il peignait.

— Qu'en pensez-vous ? demanda-t-il.

Penchant la tête à droite, puis à gauche, Maxence resta intriguée devant les formes grises mêlées de vert et de bleu. Un enfant de six ans aurait mieux fait. A moins que Sean ne soit néo-impressioniste. Jamais elle ne pourrait distinguer le haut du bas de ce tableau. Reculant discrètement, elle y jeta un nouveau regard. C'était horrible.

— Intéressant, articula-t-elle.

— Je n'en suis pas enchanté, avoua-t-il. Cela ne ressemble pas à ce que je voulais rendre.

— Depuis combien de temps peignez-vous, Sean?

— Depuis environ une heure et demie.

— Je veux dire, dans la vie.

— Environ une heure et demie, répéta-t-il, amusé.

— C'est votre premier? demanda-t-elle en se retenant de hurler de rire.

— Affreux, n'est-ce-pas?

— Eh bien... Peut-être qu'affreux est un peu fort.

— Regardez d'ici, reprit-il en la faisant asseoir sur ses genoux. C'est vraiment laid.

— Peut-être auriez-vous besoin de quelques leçons pour apprendre les techniques de base?

— Je crois que vous avez raison, articula-t-il en l'enveloppant de ses bras et en posant le menton contre sa chevelure. C'est terriblement frustrant. Je voulais vous peindre telle que je vous avais aperçue hier, sur ce monticule, croquant votre pomme, belle, douce...

— Un jour vous y arriverez, murmura-t-elle en venant tendrement lui caresser le front puis la joue.

Maxence devinait dans son regard la faim et l'envie qui le tenaillaient. D'abord, elle crut que c'était le désir de peindre. Puis elle comprit que c'était pour elle. C'était son visage, sa silhouette qu'elle voyait se refléter dans ces yeux aussi verts que la rivière. A cet instant, les puits et les sources ne devinrent plus que le dernier de ses soucis.

— Angela, soupira-t-il. Angela..., mon ange.

Sa bouche s'abaissa vers la sienne pour lui

effleurer doucement les lèvres. Ce contact lui sembla aussi doux que la brise soufflant le sumac sur les collines, aussi chaud que le soleil sur son dos. Puis, dans un gémissement de plaisir, Sean raffermit son baiser. Prise dans un délicieux tourment, Maxence répondit à sa ferveur en laissant courir ses paumes le long des puissantes épaules de son compagnon puis dans l'épaisse chevelure cuivre qui lui recouvrait le front.

La main remonta alors le long du buste de la jeune femme pour venir lui emprisonner la poitrine. A cet instant, elle crut qu'elle allait mourir sous ces caresses audacieuses. C'était terrifiant. C'était merveilleux. Elle le tint serré contre son corps, se perdant avec avidité dans l'intimité protectrice de ses bras.

Jamais elle n'avait rien ressenti d'aussi fantastique ni d'aussi bon.

Lorsqu'enfin ils se détachèrent l'un de l'autre, tous deux avaient du mal à respirer. Sean appuya son front contre le sien et murmura :

– Savez-vous l'effet que vous me faites, madame ?

– Monsieur, je peux vous renvoyer la question.

Rejetant la tête en arrière, il reprit :

– Mon ange, je crois qu'à nous deux nous allons faire une excellente équipe.

En soupirant d'aise, Maxence se blottit contre lui.

– En avez-vous fini pour aujourd'hui ? hasarda-t-il d'une voix basse et suggestive.

Fini ? Mon Dieu, grâce à Sean, elle n'avait qu'à

peine commencé. Lorsqu'elle retrouva ses sens, Maxence se sentit dégoûtée d'avoir laissé les choses aller si loin. Elle ferma les yeux et prit une profonde inspiration. Il ne lui fallait pas beaucoup d'imagination pour deviner ce que Sean avait en tête. Et elle l'avait encouragé... Mais où donc avait-elle l'esprit?

Le problème était là : elle n'avait pas réfléchi. Elle s'était purement et simplement accrochée à lui au lieu de le renvoyer comme elle en avait eu l'intention. Que restait-il de ses bonnes résolutions?

La géologue devait absolument convaincre Sean de partir. Il lui fallait trouver cette eau. Le temps pressait.

S'arrachant à son étreinte, elle déclara :

— J'aimerais encore vérifier un ou deux détails. Partez, Scan. J'ai à travailler.

— Mais, Angela...

— Je ne m'appelle plus Angela, coupa-t-elle, les poings serrés sur les hanches. Retournez surveiller vos moutons, allez prendre des leçons de peinture ou faites ce qui bon vous semble mais cessez de m'importuner. S'il vous plaît.

— Ah ! bon, je vous importune? demanda-t-il en l'attirant à nouveau contre lui.

En se débattant, Maxence répliqua :

— Dites donc, Sean Garrett, vous m'avez l'air de l'homme le plus entêté de la création ! Et puis, comment êtes-vous venu ici aujourd'hui? Aviez-vous l'intention de me demander de vous raccompagner? Si oui, montez dans la Charger. Le plus tôt je me serai débarrassée de vous, le plus vite je pourrai retourner travailler.

— Ma voiture est au pied de la colline. Je ne voulais pas l'abîmer en grimpant jusqu'ici. On dirait que je vais devoir me trouver un véhicule plus pratique si je veux continuer à venir.

— D'accord, jeta Maxence, exaspérée, aidez-moi à charger votre matériel. je vous redescends.

En arrivant en bas, la jeune femme aperçut la grosse Jaguar rouge garée au bord de la route.

— C'est à vous? s'étonna-t-elle, encore plus irritée par cette fortune ambulante aux sièges recouverts de cuir.

Sean acquiesça en allant ouvrir le coffre.

— Très sophistiqué. Que mettez-vous dans le radiateur? Du Perrier?

— Non, mais c'est une idée, répondit-il en riant avant de lui poser un baiser sur le bout du nez. Merci de m'avoir aidé. Je passe vous prendre à sept heures pour aller dîner.

— Je ne vais pas dîner chez vous.

— Vous voulez peut-être que je remonte avec vous pour continuer à vous assister?

— Mais... C'est du chantage !

Haussant cyniquement les épaules, il précisa :

— Sept heures.

Maxence maugréa tout au long de la remontée. Sean Garrett avait le don de la faire se parler à elle-même. Ou peut-être devenait-elle folle?

Une heure plus tard, elle marchait toujours à

50

travers le terrain caillouteux en tenant du bout des doigts sa baguette de saule. Comme pour la narguer, la pointe du bâton persistait à se tendre haut vers le ciel, muette, moqueuse. Mais elle continuait, inlassable, décidée à trouver cette eau qui lui était vitale.

Le tressaillement, entre ses doigts, fut si léger qu'elle le manqua presque. La géologue s'arrêta, le cœur battant. Ce n'était pas un simple tremblement mais une vibration. Avançant de cinquante centimètres, elle se mit à longer un sentier parallèle à celui qu'elle venait d'emprunter. Nouveau frémissement...

Une sorte d'affolement joyeux s'empara d'elle. Mais il ne fallait pas s'emballer trop tôt. Ce n'était qu'une vibration, à peine l'esquisse d'une possibilité. Ce pouvait être le bord d'une veine importante ou... rien du tout. Plaçant la baguette à l'endroit précis où celle-ci avait réagi, elle sortit plusieurs outils de sa sacoche, dont deux bâtonnets sur lesquels elle fixa un ruban de plastique rouge. Puis elle les planta à l'endroit où elle avait ressenti les mouvements de la branche de saule.

Après quelques sondages, Maxence avait encore installé trois bâtonnets de plus. L'ensemble forma rapidement un chemin conduisant aux monticules où elle s'était assise le premier jour.

Avançant en zigzag suivant ce que lui indiquait sa baguette, la géologue serpenta lentement vers l'énorme rocher suspendu en haut de la crête. Ses chaussures de montagne dérapèrent et glissèrent sur la roche inégale. Le tressaillement de la branche se mua en un véritable mouvement latéral, qui se transforma en un puissant spasme lui secouant les bras et les épaules. Enfin la fourche de bois se mit à piquer du nez et Maxence eut du mal à la garder droite, tant la pointe semblait attirée vers le sol par une force surnaturelle. Laissant tomber le bâton à terre, elle leva les bras au ciel et cria de joie.

– Il y a de l'eau ici ! Je le savais ! Je le savais !

Sorcier aboya et arriva au galop à l'endroit où dansait la jeune femme. Des larmes se mêlaient à ses éclats de rires.

– De l'eau ! Je l'ai trouvée !

L'arrière-train remuant en tout sens, le doberman se joignit au jeu et se mit à sauter pour lécher le visage de sa maîtresse. L'exubérance de l'animal et le poids de ses lourdes pattes sur ses épaules lui firent perdre l'équilibre. Adhérant mal au sol sec, les cailloux se dérobèrent sous ses pieds et, malgré ses tentatives désespérées de s'accrocher aux buissons, Maxence dévala la pente pierreuse.

Tout en glissant, elle sentit ses vêtements et sa peau se déchirer sous elle. Réprimant mal des hurlements de douleur, elle tendit le bras pour agripper la première plante résistante qui lui tomberait sous la main. Ce fut un cactus... Cette fois, la géologue ne put retenir une plainte tandis que les épines se plantaient au beau milieu de sa paume.

Elle tint bon.

Pendant un moment, Maxence resta étourdie,

le nez dans la poussière, combattant la nausée qui remontait en elle par vagues. Enfin, elle ouvrit les yeux, regarda autour d'elle et analysa la situation. A cinquante centimètres en contrebas, une branche faisait saillie dans la roche. Elle tendit le bras, la saisit et, lorsqu'elle la tint fermement, elle lâcha le cactus. Levant la tête, la jeune femme s'aperçut que la descente qui lui avait paru si longue ne faisait que quelques mètres. Sorcier se tenait en haut, jappant et gémissant dans sa direction.

Remuant doucement bras et jambes, Maxence constata avec soulagement qu'elle n'avait rien de cassé. Elle n'avait que de bonnes éraflures et... des épines plein la paume.

Au-dessus de la branche de chêne, la pente semblait moins forte. Soigneusement, elle se mit à grimper vers la droite en empruntant une voie parallèle et moins pentue, pour se retrouver bientôt sur le promontoire qu'elle venait de quitter, auprès de son chien tremblant de peur et de joie. Aussi secouée que lui, elle se sentit incapable de lui faire des reproches.

Après avoir récupéré ses forces, la jeune femme examina sa main. Sanguinolante, enflée et bourrée d'épines, elle lui faisait terriblement mal. C'en était fini de ses recherches pour la journée. Il faudrait attendre le lendemain pour confirmer sa découverte et estimer la profondeur de la nappe. Les genoux tremblants, elle récupéra sa trousse à outils et en sortit un bâtonnet qu'elle planta à la pointe extrême du monticule.

Puis elle recula pour admirer le petit ruban rouge qui flottait dans le vent et elle esquissa un faible sourire.

– Je l'ai trouvée, Sean, soupira-t-elle. Enfin, je l'ai trouvée...

4

ENCORE électrisée par sa découverte, Maxence redescendit. Sa main abîmée lui rendait la conduite difficile et une impression désagréable s'immisça dans son esprit, qui ne fit qu'accentuer son malaise.

Pourquoi, lorsqu'elle avait découvert l'eau, sa première pensée avait-elle été pour Sean? Elle n'avait rien à lui prouver. Et pourtant, la géologue savait que son opinion comptait. Elle voulait qu'il la considère comme différente des autres; elle avait besoin de son approbation et de voir briller dans ses yeux la fierté qu'il éprouvait à son sujet.

A présent que son horizon s'éclaircissait, elle s'autorisait à entrevoir la possibilité d'une relation avec lui. Elle en aimait l'idée. Sean avait ses défauts, bien sûr, l'entêtement demeurant de loin le premier, et cependant elle devait bien admettre la terrible attirance qu'elle éprouvait pour lui. Jamais encore elle n'avait rencontré quelqu'un qui lui fasse cet effet. Chaque fois qu'ils se trouvaient ensemble, cet homme se taillait une place plus importante dans son cœur. D'un seul sourire il parvenait à lui soutirer toutes sortes d'émotions.

Lorsque son ventre se serra, la jeune femme comprit qu'elle avait hâte de revoir Sean. Mentalement, elle passa en revue la mince garde-robe qu'elle avait apportée. Il lui fallait quelque chose de féminin et de... séduisant.

Penchée au-dessus du lavabo, Maxence retint un gémissement en ôtant la dernière épine de sa paume. Puis elle entreprit de désinfecter sa main blessée. Il lui avait fallu près d'une heure pour arriver à bout de ces dizaines d'aiguillons qui lui trouaient la peau. Comme s'il voulait lui faire part de son remord, Sorcier était resté couché à ses pieds durant l'intervention.

– Ne t'en fais pas, mon vieux, je sais que tu ne l'as pas fait exprès, le consola-t-elle en allant chercher de la glace.

Ouvrant la porte du congélateur, elle frémit : les compartiments se trouvaient emplis de repas congelés venant du meilleur fournisseur. D'où cela venait-il ? Intriguée, elle ouvrit le réfrigérateur : les étagèrent et les tiroirs débordaient de nourriture fraîche, de jus de fruit ou de lait. Il y avait là de quoi tenir un siège pendant un mois... Et, dans le tiroir du bas, entouré d'un ruban rouge, trônait un énorme jambon qui pesait au moins trois fois plus lourd que celui qu'elle s'était acheté.

En d'autres circonstances, Maxence aurait trouvé cette attention amusante et charmante.

Mais ce soir, tout sens de l'humour l'avait quitté. Elle devinait que cela venait de Sean. Et ce geste heurtait son point le plus vulnérable : sa fierté.

Blessée dans son orgueil, la jeune femme blêmit. Pour qui la prenait-il ? Pour une pauvresse ? Une mendiante ? Et pour qui se prenait-il, lui ? Pour le consolateur des affligés ?

– Allez au diable, Sean Garrett ! Disparaissez ! Je ne veux pas de votre charité !

Se précipitant dans la remise, elle saisit un grand sac plastique qu'elle emplit de tout ce dont il avait bourré pour elle dans le réfrigérateur. Rien ne fut oublié. Losqu'il fut plein, Maxence ferma soigneusement l'énorme paquet et se demanda ce qu'elle allait faire de tout ceci. Puis une idée lui vint à l'esprit. Sean ferait son apparition dans moins d'une heure pour l'emmener dîner. M. Garrett allait avoir la surprise de sa vie !

Maxence tira le sac jusqu'à l'entrée et le poussa dehors, au beau milieu du passage. Prenant soin de déposer le jambon bien en vue au-dessus du paquet, elle écrivit un petit mot qu'elle épingla sur le ruban, précisant exactement à Sean ce qu'il pouvait en faire. Puis elle referma la porte, en verrouilla le loquet de sécurité, éteignit la lampe du porche et retourna à la cuisine, exténuée. Ses chaussures pesaient cent tonnes. Chaque égratignure de son corps, chaque blessure de sa main lui hurlaient leur présence. Elle aussi elle avait à présent envie de crier, de sangloter...

En soupirant, elle partit vers la salle de bains. Seul un bain chaud la remettrait d'aplomb.

Maxence se glissa dans l'eau emplie de sels apaisants. Cela calma ses douleurs mais ne put faire disparaître l'immense impression de vide et de gâchis qui lui torturait l'esprit.

Un martellement soudain vint trouer l'univers brumeux et paisible dans lequel elle flottait, allongée dans la baignoire. La géologue tressaillit et se rassit vivement, éclaboussant le sol d'eau refroidie. Elle avait dû s'assoupir.

Les coups sourds frappés à la porte, mêlés aux geignements de Sorcier, la firent sortir précipitamment de son refuge pour s'enrouler une serviette autour du corps.

— Aucun doute, c'est Sean, expliqua-t-elle à son chien pour le rassurer en l'entraînant vers le salon.

— Qui est-ce? cria-t-elle devant la porte d'entrée.

— Qui voulez-vous que que ce soit? lui répondit une voix irritée. Laissez-moi entrer!

— Fichez le camp!

— Je n'irai nulle part avant que vous m'ayez ouvert cette porte et accepté de me parler.

— Il vous faudra attendre longtemps, monsieur.

— Qu'est-ce qui vous prend, Maxence? Ouvrez-moi! hurla-t-il en secouant violemment la poignée.

— Si vous ne cessez pas immédiatement, j'appelle la police, répondit-elle en agrippant les pans de son peignoir.

Les coups cessèrent soudain et la jeune femme

attendit, nerveuse, l'oreille plaquée contre la porte. Au bout d'un instant, elle se détendit. Sean avait capitulé. Elle se dirigea vers la fenêtre du salon et en poussa doucement le rideau. La Jaguar était toujours là.

— Voulez-vous me dire ce qui se passe? éructa, dans son dos, une voix grave.

Dans le bond qu'elle fit sur place, Maxence faillit perdre sa serviette. Les mains sur les hanches, Sean se tenait à deux mètres d'elle. Malgré la lumière tamisée de l'unique petite lampe, elle devina sa mâchoire serrée et son regard dur.

— Comment êtes-vous entré?

— Par la fenêtre de la chambre, comme d'habitude. Vous devriez en fermer le loquet, vous savez. Notre voleur court toujours.

— J'aime l'air frais, répliqua-t-elle, hautaine. Mais vous pouvez être certain que je le fermerai aussitôt que vous serez parti.

Le regard languide de l'intrus la toisa et elle devina que l'éponge bleue lui cachait à peine sa nudité. Maxence réprima le besoin irrésistible de se précipiter dans le placard le plus proche, préférant mourir plutôt que lui offrir la satisfaction de la voir mal à l'aise.

— Je croyais que nous avions rendez-vous, observa-t-il en affectant l'air le plus innocent du monde.

— C'était bien avant que monsieur le Bienfaiteur vienne remplir le réfrigérateur de ses largesses. Je n'ai pas besoin de votre charité. Vous avez lu mon petit mot.

A présent, Sean comprenait. Ennuyé d'apprendre par ses amis la situation précaire dans laquelle se trouvait Maxence, il avait eu une idée qui ne se révélait pas aussi géniale qu'il le croyait. Mais il n'avait pas prévu cette féroce réaction de fierté. La géologue n'était pas de ces femmes qui auraient accepté avec joie ses bontés d'âme. Il avait sous-estimé le personnage qui se trouvait maintenant plus furieux qu'un chat ébouillanté. Quel stratagème pourrait-il inventer afin de lui rendre confiance?

Sean refoula un sourire. Elle lui semblait tellement attendrissante, sa Maxence qui retenait nerveusement sa serviette autour d'elle, avec ses cheveux humides qui lui retombaient en boucles sur les épaules. Il dut faire appel à toutes ses forces pour ne pas la prendre dans ses bras et l'aimer jusqu'à en perdre la vie. Dieu! il la désirait tant!

Mesurant chacune de ses paroles, il articula:

— Angela, j'ignore de quoi vous parlez. Comment pouvez-vous croire que je vous ferai la charité?

Maxence ouvrit la bouche mais il enchaîna:

— Je pensais que vous seriez fatiguée après votre travail sur la colline. Aussi ai-je imaginé que nous pourrions nous cuisiner un petit dîner ici, tranquillement, plutôt que de ressortir.

Constatant que les épaules de Maxence se détendaient légèrement, il poursuivit:

— Chaque fois que je passais devant un rayon, je supposais que vous pourriez aimer ceci ou cela et je me suis retrouvé avec un chariot plein. Voilà tout. Le reste pourra vous servir demain ou un autre jour.

Maxence le considéra d'un air suspicieux.

— Et le jambon?

— Auriez-vous préféré des roses?

La jeune femme sentit une douce tiédeur l'envahir.

— Vous auriez sans doute acheté le magasin entier, lâcha-t-elle en souriant enfin.

— Sans doute, murmura-t-il en s'approchant pour effleurer ce visage qui lui était devenu si cher.

Leurs yeux se rencontrèrent, alors que Sean laissait errer sa paume le long de la joue de Maxence, pour lentement la faire descendre sur sa nuque puis sur son épaule nue. Un tremblement délicieux s'empara d'elle tandis qu'elle tendait la tête, telle une chatte désirant recevoir des caresses. Les doigts continuèrent leur chemin sinueux sur la peau encore fraîche, puis s'arrêtèrent.

— Qu'est-ce que c'est? demanda-t-il en indiquant une éraflure entre ses omoplates.

— Il m'est arrivé un petit accident après votre départ. Rien de grave.

— Quel accident? s'alarma-t-il. Où avez-vous mal? Avez-vous vu un médecin?

Sean entreprit d'étudier le moindre centimètre de son corps et, si ses coudes serrés n'avaient pas retenu la serviette, elle imaginait aisément ce qu'il en aurait fait pout examiner tout le reste.

— Sean! Je n'ai pas besoin de médecin. Je vous

ai dit que ce n'était rien. Je suis tombée en m'égratignant et j'ai attrapé quelques épines de cactus dans la paume.

— Où? Montrez-moi.

Ce disant, il lui prit les mains et les retourna.

— Mon Dieu, Angela! Sont-elles toutes parties?

La jeune femme parvint à lui assurer qu'elle n'avait pas besoin d'entrer en réanimation mais Sean insista pour qu'elle se repose pendant qu'il préparait le dîner. Il la poussa pratiquement vers sa chambre.

— Vous êtes adorable dans cette serviette de bain mais je crois que je me concentrerai mieux si vous portiez quelque chose de moins... distrayant.

Une tenue de jogging bleu marine fit parfaitement l'affaire. Elle noua ensuite ses cheveux sous un foulard rouge et se regarda un instant dans le miroir. Elle n'avait pas vraiment en face d'elle l'image de séduction qu'elle avait prévue.

Losqu'elle entra dans la cuisine, Sean terminait de remettre au réfrigérateur les marchandises laissées dehors. Il s'était débarrassé de son blouson et avait roulé jusqu'aux coudes les manches de sa chemise.

— On dirait que nous avons perdu quelques œufs mais le reste est intact. Asseyez-vous ici, allongez vos jambes sur cette chaise et laissez-moi faire.

— Sean, je n'ai pas besoin de tout cela, protesta-t-elle.

— Si, affirma-t-il fermement en lui entourant la main d'un linge contenant des glaçons.

Puis il lui versa un verre de vin et prépara deux énormes steaks qu'il posa sur le gril brûlant. Ils dînèrent d'une délicieuse saladde, agrémentée de pommes de terre au four et de la viande cuite à point. Maxence songea avec une tendresse amusée que Sean se montrait meilleur cuisinier que peintre et elle se surprit même à se demander quel genre d'amoureux il pouvait être. Naturel, sans doute, imaginatif... Toutes sortes d'adjectifs lui passèrent par la tête.

Une atmosphère chargée de sensualité régnait à présent dans la cuisine. Sean se tenait debout, appuyé contre le bar, un torchon passé dans la ceinture de son pantalon, et la jeune femme admirait sa silhouette élancée.

Le téléphone sonna. D'une voix impatiente, son compagnon répondit.

– Oncle Buck! c'est Sean... Nous sommes en train de dîner... Oui, elle est là, ajouta-t-il en tendant l'appareil à Maxence. Il veut vous parler.

– Monsieur Barton? C'est Maxence Strahan. Je crois que j'ai de bonnes nouvelles pour vous.

– Vous voulez dire qu'il y aurait de l'eau sur mes collines? Mon Dieu, c'est Nounours qui va bondir de joie! Jeune femme, je savais que j'avais eu de l'intuition en vous engageant!

– J'ai encore quelques vérifications à accomplir demain matin mais je crois que nous pourrons commencer à creuser dans quelques jours.

– Écoutez, nous serons de retour à Houston avant la fin de la semaine. Si vous tombez sur l'eau avant, appelez-nous au *Plaza Hotel*, à New York.

Maxence en inscrivit le numéro avant de lui dire au revoir. L'enthousiasme de Buck l'avait gagnée et elle se sentait à nouveau tout excitée par sa découverte. En raccrochant, elle se tourna vers Sean qui l'observait, intrigué.

— Vous m'avez caché cela, lui reprocha-t-il en fronçant les sourcils.

— Vous ne m'avez rien demandé. De toute façon, comme je viens de le dire à votre oncle, j'ai encore quelques détails à vérifier. Je ne peux pas me permettre de creuser n'importe où.

Sean réfléchissait. Il ne voulait pour rien au monde la contrarier, mais il savait pertinemment qu'il n'y avait pas d'eau dans les collines. Il prit sa main blessée, l'observa soigneusement puis y déposa un léger baiser. La paume était beaucoup moins gonflée mais loin d'être guérie. Et, bien que la jeune géologue le lui ait caché, il avait remarqué qu'elle boitait. Il éprouva un pincement au cœur en comprenant qu'elle croyait avoir trouvé quelque chose qui n'existait même pas.

— Angela, annonça-t-il calmement, vous n'êtes pas assez en forme pour vous remettre à travailler tout de suite.

— Il le faut, Sean. Je n'ai pas le choix. Et puis j'irai bien mieux demain matin.

— Pourquoi cela vous tient-il tant à cœur de trouver de l'eau dans ces collines?

— J'ai besoin d'argent, avoua-t-elle après un instant d'hésitation.

64

Sean émit un soupir de soulagement : Maxence admettait enfin avoir des problèmes.

— Si vous avez besoin d'argent, je pourrai...

— Non, Sean. Merci de me le proposer mais je ne veux pas de votre aide. Je m'en sortirai très bien toute seule. M. Barton me paiera quand j'ouvrirai ce puits.

Ému, il la prit dans ses bras et posa la joue contre sa cheveulure soyeuse. Pourquoi éprouverait-il le besoin de la câliner, de la protéger contre toute déception?

— Êtes-vous sûre qu'il y a de l'eau là-bas?

— Certaine.

Elle répondit avec tant de ferveur que Sean en resta presque convaincu.

— Alors, allez-y, Angela. Je vous soutiendrai jusqu'au bout.

S'il devait creuser un trou pour la rendre heureuse, il se sentait prêt à transformer cette fichue colline en gruyère.

Maxence avait l'impression de se noyer dans le vert si puissant des yeux de son compagnon. Il pencha la tête et leurs lèvres se rencontrèrent dans un baiser passionné. En soupirant de bien-être, elle se blottit contre son torse, appréciant le plaisir sensuel et merveilleux de goûter enfin à cet homme. Leurs cœurs battaient à présent l'un contre l'autre tandis que Sean l'étreignait encore plus fort.

Les doigts masculins glissèrent sous le sweat-shirt de la jeune femme et vinrent doucement lui masser le bas du dos. Il y avait du désir dans ces caresses, bien que Maxence devinât qu'il se retenait encore. De plus en plus exigeante, elle se serra davantage contre lui et gémit.

Ce mouvement langoureux rendit Sean fou. D'un geste possessif, il lui pressa les hanches afin de l'attirer tout entière à lui. La jeune femme laissa alors échapper un cri de douleur et il s'arrêta net.

— Mon Dieu, je vous ai fait mal, murmura-t-il, alarmé. J'en suis désolé.

— Vous ne m'avez pas vraiment fait mal, Sean, avoua-t-elle. Je crois que vous avez simplement découvert une autre contusion due à ma chute.

— Je crois que je ferais mieux de partir et de vous laisser vous reposer, articula-t-il en lui déposant un léger baiser sur la bouche.

Lorsqu'elle le raccompagna à la porte, Sean lui conseilla de bien fermer le loquet de sa fenêtre.

— Au fait, je voudrais savoir, demanda-t-elle malicieuse. Par où êtes-vous entré en venant remplir le réfrigérateur?

— Buck m'a laissé une clé, en cas de besoin. Mais je vous promets de ne pas l'utiliser sans votre permission. Sauf... s'il s'agit d'une urgence.

— A quel genre d'urgence pensez-vous exactement?

Sean sourit et lui déposa un baiser sur le bout du nez.

— Bonne nuit Angela.

En soupirant, Maxence referma la porte derrière lui et d'autres mots pour sa chanson lui vinrent à l'esprit.

5

LES premiers rayons perçaient à peine derrière les collines lorsque Maxence arrêta sa camionnette et en sortit. Elle releva le col de sa veste de toile, fourra les mains dans les poches de son jean et huma l'air encore frais du matin. En bâillant, elle s'étira pour détendre ses articulations et se prépara à grimper en compagnie de son chien.

Comme elle aurait aimé rester blottie dans son lit et dormir quelques heures de plus ! Elle avait mis longtemps à trouver le sommeil, la nuit dernière. Ce n'était pas seulement l'excitation due à sa découverte qui l'avait empêchée de fermer les yeux, mais le souvenir de Sean qui était resté bien trop présent à son esprit. Son rire, ses caresses, ses baisers, son parfum l'avaient hantée toute la nuit jusqu'à ce qu'elle décide de se lever enfin, à l'aube.

Aussi attirée qu'elle fût par Sean, elle ne voulait pas qu'il la surprenne avant son départ et propose de l'accompagner. Il semblait perpétuellement lui détourner l'attention et la distraire de son travail. A présent encore, elle se surprenait à penser à

67

celui qui, la veille, l'avait traitée comme une princesse. Comment quelqu'un d'aussi masculin et pourvu d'un caractère aussi décidé pouvait-il se montrer si sensible, si tendre?

Après avoir remué sa main dans tous les sens, elle estima que la douleur avait disparu. Il lui restait bien encore quelques marques sur le corps mais elle ne sentait plus rien. Maintenant, il lui fallait ne plus penser à rien qu'aux petits rubans rouges flottant au vent, qui l'attendaient là-haut.

Grands dieux, elle avait trouvé cette eau! Elle aurait l'argent avant la fin de la semaine. Rêveuse, elle partit prendre sa branche de saule cachée dans sa Charger. Pour donner plus de valeur à sa découverte, elle reprit le chemin semé de bâtonnets plantés la veille et constata avec un enthousiasme grandissant que sa baguette vibrait toujours autant. Arrivée sur le monticule, elle eut du mal à retenir le bout du bâton qui pointait puissamment en direction du sol.

— Que diable êtes-vous en train de faire?

Maxence leva vivement la tête. A moins de deux mètres sur sa droite, se tenait Sean Garrett. Lâchant la baguette d'une main, elle le considéra, à la fois surprise et incrédule. Puis un terrible sentiment de ridicule s'empara d'elle. Elle ne supporterait pas qu'il se moque d'elle. Aussi cherchat-elle une réponse valable, un mensonge même, qui lui expliquerait son comportement bizarre. Mais son esprit demeura vide de toute idée. Alors, elle leva fièrement le menton et déclara :

— Je cherche le meilleur endroit pour parvenir à l'eau. Que faites-vous ici?

— J'ignore encore comment, mais je savais que vous viendriez ici aux premières lueurs de l'aube. Comment va votre main?

— Très bien. Je guéris généralement vite.

— Que signifient tous ces rubans?

— Ce sont des repères.

— Pour quoi faire?

Il n'était décidément pas prêt à la laisser tranquille.

— Ils indiquent le passage d'une veine d'eau dans la roche, répliqua-t-elle, aussi neutre que possible.

— Je vois, dit-il en penchant la tête avec l'air de celui qui ne voyait rien du tout. Et comment savez-vous où placer vos repères?

— Avec ceci, répondit Maxence sur un ton de lassitude.

— Un bâton...? Alors, vous prétendez être une sorcière de l'eau? Je vous croyais géologue.

— Oui, je suis géologue. Je suis sourcière, et non pas sorcière comme vous dites.

Déclarer que Sean était consterné restait loin de la vérité. Il ne parvenait pas à croire que Maxence pût se montrer à ce point superstitieuse. Elle ne croyait tout de même pas creuser un puits en se basant sur ces abracadabra insensés! Ce n'était en tout cas certainement pas Sean Garrett qui allait marcher dans sa combine!

— Intéressant, lâcha-t-il en tentant d'afficher un air neutre. Depuis combien de temps vous exercez-vous à ce genre de chose?

— Depuis ma plus tendre enfance. Mon grand-père était sourcier.

Cherchant à deviner quelques traces de refus sur le visage de Sean, elle n'y trouva rien et poussa un soupir de soulagement.

– Vous devez penser, comme la plupart des gens, que c'est complètement fou. C'est pourquoi je ne vous ai rien dit. Mais je peux vous assurer que je m'en tire généralement très bien.

Sean s'empara de la baguette qu'elle venait de poser sur un rocher et l'examina.

– Montrez-moi comment ça marche.

Bien qu'elle eût l'habitude de ne révéler à personne son secret, Maxence lui accorda cette faveur mais non s'en s'être assurée auparavant, en le fixant longuement, de son réel intérêt pour la chose. Il paraissait sincère. Il ne lui avait pas ri au nez. Et pour cela, elle avait envie de lui sauter au cou.

La géologue refit donc, devant Sean, les gestes qu'elle avait accomplis la veille. Comme mue par une puissance magique, la baguette reprit ses vibrations.

– Vous voyez ?

– Je n'ai jamais rien vu de semblable, admit-il, époustouflé. Attendez, laissez-moi essayer.

Marchant lentement sur les traces de Maxence, il imita son geste. Rien ne se passa. La branche de saule n'esquissa pas le moindre mouvement. Il essaya plus loin. Rien.

– Cela n'a pas l'air de marcher avec moi. Êtes-vous certaine que ce n'est pas votre imagination ?

– Bien sûr que non ! s'exclama-t-elle, indignée. Cela fait des années que je cherche ainsi de l'eau ou du pétrole. Jamais je n'ai échoué. Demandez à John Ramsey combien de puits nous avons découverts là où je lui avais dit de creuser.

— Miséricorde ! Vous voulez dire qu'une société vous a engagée pour trouver du pétrole de cette manière ?

Non, elle ne voulait pas lui révéler cela !

— Euh... En fait, ils n'ont jamais vraiment su comment Sorcier et moi faisions pour le découvrir.

— Ah, parce que lui aussi est de la partie ?

— Il n'a pas l'air très bon pour l'eau, mais il se débrouillait très bien pour le pétrole.

— A-t-il lui aussi son petit bâton ?

— Sean, ne soyez pas stupide ! lui jeta-t-elle en se dirigeant vers la camionnette.

— Angela, je regrette. Tout ceci m'a pris par surprise. Reconnaissez que cela peut paraître singulier. Buvons un bon café et vous m'expliquerez comment vous faites.

Cela dit, il saisit une Thermos cachée au pied d'un arbre et emplit deux bols.

— D'où cela vient-il ?

— Je l'avais emporté avec moi pour venir vous réveiller ce matin mais vous m'avez pris de vitesse. Racontez-moi votre travail de sourcière.

— En réalité, personne ne sait exactement comment ça marche. Quelques scientifiques américains se sont penchés sur le problème, tandis que d'autres considèrent ce don comme du charlatanisme. Les Russes, eux, étudient sérieusement ce phénomène. Ce genre de radiesthésie se pratique depuis au moins sept mille ans. Saviez-vous qu'au Viêt-nam des ingénieurs utilisaient des baguettes de sourcier pour découvrir des tunnels ou des pièges enterrés?

– Cela m'intrigue énormément. Mais pourquoi cela marche-t-il pour vous et non pour moi?

– Je l'ignore. Mon grand-père prétendait que j'avais le « doigté », mais je crois tout simplement qu'il se passe en moi quelque chose que je ne saisis pas encore, une sorte de sensitivité biophysique qui agit selon des lois naturelles, comme le chien et son flair inné. Sorcier est capable de renifler du pétrole et moi je le trouve à l'aide d'une baguette. Nous tombons toujours d'accord, voilà tout.

– Vous voulez dire que ce chien a le pouvoir de découvrir du pétrole?

– J'imagine que c'est dû à l'endroit où je l'ai trouvé. C'était encore un chiot et je l'ai découvert gisant dans une mare d'essence, affamé et à moitié mort à force d'avoir été battu. Je l'ai emporté chez moi et je l'ai soigné. Je suppose qu'il associe ma présence rassurante à l'odeur du pétrole.

Hésitante, la jeune femme but une gorgée de café. Sean croyait-il ce qu'elle lui racontait? Ses sentiments vis-à-vis d'elle changeraient-ils à présent qu'il connaissait ses dons étranges? Tandis qu'elle attendait sa réaction, elle avait l'impression désagréable que le monde s'était arrêté de tourner.

Finalement, il la regarda droit dans les yeux et sourit.

72

– Angela, puisque vous êtes convaincue qu'il y a de l'eau ici, nous ferions mieux de nous atteler à cette tâche.

Une onde de bonheur envahit tout à coup la géologue et le monde se remit à tourner. Il la croyait.

– Oui, il y a de l'eau. Il me faut simplement trouver jusqu'à quelle profondeur creuser.

Maxence se leva et alla chercher dans sa Charger une branche de saule mesurant environ cinquante centimètres. Se plaçant devant le dernier repère planté la veille, Maxence tint sa baguette juste au-dessus du bâtonnet, parallèle au sol. Celle-ci commença à sauter de haut en bas, en un mouvement de plus en plus saccadé. La jeune femme ne pouvait contenir sa joie : c'était exceptionnel. L'eau se trouvait tout près et fournirait environ une centaine de litres à la minute !

– Regardez, Sean ! Regardez ! s'écria-t-elle en lui sautant au cou pour l'embrasser. Vous avez vu ? c'est incroyable ! N'est-ce pas merveilleux ?

En retour, Sean la serra dans ses bras.

– Hum, très agréable... Attendez, vous ne m'avez pas encore embrassé là... Parfait. A mon tour, maintenant.

Et tous deux de s'embrasser comme des enfants joyeux. Cependant, les baisers de Sean cessèrent vite d'être furtifs pour devenir tendres, passionnés et interminables. La chaleur emplit bientôt le corps de Maxence comme une source vive et elle jeta la tête en arrière, augmentant encore cette sensation délicieuse. Peu à peu, un désir brûlant naquit en elle tandis qu'elle laissait errer ses paumes sous la chemise de son compagnon. Sa peau tiède semblait tendue sur les muscles de son dos. Elle le sentait frémir sous ses caresses et la façon dont il réagissait à l'effleurement de ses doigts lui inspira encore plus de hardiesse.

— Avez-vous la moindre idée de la force avec laquelle je vous désire, mon ange? lui souffla-t-il. Chaque soir je me couche en imaginant vos mains sur mon corps, en vous voyant allongée près de moi, en espérant...

Ces paroles la faisaient littéralement fondre de bonheur, tandis que les lèvres de Sean réclamaient encore les siennes. La passion entre eux était si intense qu'ils en oublièrent le monde qui les entourait. Les mains masculines atteignirent alors la fermeture du jean de Maxence et le bruit du bouton qui cédait les fit tressaillir. Tous deux tremblaient, le souffle court.

La jeune femme se demandait pourquoi elle avait laissé les choses aller si vite, entre elle et un homme qu'elle ne connaissait que depuis trois jours. Comment se pouvait-il qu'elle se sente prête à se donner à Sean Garrett, ici, sur ces collines pierreuses, au grand jour? Cela ne lui ressemblait décidément pas. Mais elle sentait qu'elle n'était plus elle-même depuis le soir où elle avait rencontré ces grands yeux verts.

Que devait-il penser d'elle? Si seulement la terre pouvait s'ouvrir sous ses pieds et la faire disparaître de l'autre côté du monde, en Chine ou ailleurs... Mais Sean restait bien réel en face d'elle, les yeux clos, essayant de retrouver son souffle.

— Angela, vous ne pouvez pas savoir l'effet que vous me faites, sourit-il enfin en lui refermant son jean. Je regrette. Je ne pensais pas me laisser entraîner si loin. Pas avec vous... Pas ici... Pas maintenant.

Interdite, Maxence recula d'un pas. « Pas avec vous...? » Allait-il penser qu'elle lui était inférieure? Ainsi donc, une géologue sans travail n'était pas à la hauteur d'un millionnaire à la retraite qui avait, de surcroît, la prétention de se prendre pour un artiste? Eh bien, il pouvait aller au...

— J'ai d'autres projets pour vous, Angela. Des projets à long terme. Et un endroit plus doux à vous offrir pour la première fois où nous nous donnerons l'un à l'autre.

Maxence en resta pétrifiée. Elle ne trouva pas les mots pour lui faire comprendre ce qu'elle pensait.

— A présent, ma chère petite sorcière, poursuivit-il avec insouciance, il nous faut mettre ce puits en route. Plus tôt nous creuserons, plus tôt nous pourrons passer à des actes plus... importants. Jusqu'à quelle profondeur pensez-vous que nous devons aller? Deux ou trois cents mètres? Cela peut valoir le coup.

Les paroles de Sean se déversaient sur elle comme un seau d'eau glacée.

— Nous? lança-t-elle la tête haute. D'où tenez-vous ce « nous? » C'est mon projet, Sean. Je n'ai besoin de l'aide de personne. Je vous remercie.

— Avez-vous une équipe de forage à votre disposition?

— Non, mais je m'en occupe dès aujourd'hui.

— Ma chérie, déclara-t-il en lui passant le bras autour des épaules, savez-vous combien cela coûte, au mètre, de creuser dans la roche?

Encore ce ton condescendant qui la faisait se hérisser.

— Parfaitement, rétorqua-t-elle en se dégageant. Je ne suis pas stupide. Mais je n'aurai pas à creuser trois cents mètres, ni deux cent cinquante. L'eau se trouve à moins de trente mètres là-dessous.

— Trente mètres! Hé, mon petit, personne ne trouve de l'eau ici à trente mètres!

— Eh bien moi j'en trouverai! laissa-t-elle crânement tomber. Peut-être même à vingt mètres seulement. Et cela suffira à emplir la piscine de votre tante et la moitié de celles de Kerrville.

Sur ces mots, elle se dirigea à grands pas rageurs vers sa camionnette et y grimpa. Fichu Sean Garrett! Avec lui, ses émotions rebondissaient comme une balle de tennis. Il la rendait folle. Elle démarra en trombe, faisant gicler le gravier sous les pneus. Dans son rétroviseur, elle aperçut Sean debout, les mains dans les poches, qui secouait la tête en parlant à Sorcier.

Sorcier! Mille diables, elle l'avait oublié! Écrasant la pédale du frein, elle ouvrit la portière et siffla. Le doberman hésita, lécha la main de Sean puis bondit au triple galop vers la voiture.

Eh bien, il avait encore réussi son coup! Sean ferma les yeux lorsqu'il vit la Charger en furie arriver droit sur un genévrier bordant le chemin, puis il souffla de soulagement quand le véhicule le contourna de justesse. Allait-il un jour apprendre à se taire? Chaque fois qu'il tentait de l'aider, Maxence levait le menton avec entêtement et entrait dans une colère noire.

Pourquoi ne le laissait-elle pas faire? Il pourrait lui rendre la vie tellement plus facile... Il était prêt à engager une équipe de forage pour lui creuser son puits. Sean pouvait se l'offrir. Pas elle. Et puis la géologue espérait tellement trouver de l'eau qu'inconsciemment, elle remuait les doigts en tenant sa baguette. Elle serait horriblement déçue si elle ne trouvait rien sous la roche. L'idée qu'elle allait souffrir lui faisait mal au ventre.

Il fallait que Sean trouve un moyen de l'aider. Ce ne serait pas facile. Il l'admirait plus que n'importe quelle autre femme. Maxence le ravissait, lui tournait la tête. Quelle équipe ils formeraient! Et il savait que, s'il tombait dessus, il pouvait découvrir en elle un puits d'amour qui ne s'assécherait jamais.

Mais, mon Dieu, quelle fierté têtue! Est-ce qu'il la désirait réellement dans sa vie? Valait-elle les efforts qu'il était prêt à accomplir pour elle?

Décidément, oui. Maxence avait simplement besoin d'un peu de temps.

En chemin, la jeune géologue s'offrit le luxe de

s'arrêter chez le glacier. Après avoir dégusté ce qui lui parut la gourmandise la plus délicieuse au monde, elle entra dans une cabine téléphonique située près du magasin et feuilleta les pages jaunes de l'annuaire. La liste des sociétés de forage était courte. Elle en copia les noms et les adresses sur un petit carnet et décida de se rendre à la plus proche.

— Ma chère, lui expliqua la secrétaire rondelette, vous n'avez pas de chance. Earl est avec toute son équipe sur un gros chantier à San Antonio. Il ne pourra pas venir sur votre terrain avant fin novembre au plus tôt.

— Je vous remercie, balbutia Maxence, déçue.

— Essayez donc du côté de Jesse Sebastien, à Ingram. Il pourra peut-être vous aider.

— Il est sur ma liste. J'y vais tout de suite.

— Attendez, proposa la secrétaire. Asseyez-vous ici. Je lui téléphone pour savoir s'il est libre.

— C'est trop gentil, remercia la géologue qui avait oublié à quel point les habitants des petites villes pouvaient se montrer aimables.

En raccrochant, la secrétaire affichait un air lamentable.

— Jesse vient d'avoir une crise cardiaque. Il est à l'hôpital. Ce n'est pas trop grave mais il sera incapable de travailler pour un bout de temps... Laissez-moi essayer d'autres sociétés.

Mais ce fut en pure perte. Il semblait qu'aucun foreur ne fût libre durant les cinq ou six semaines à venir. Maxence commençait à flancher.

— Il me faut absolument quelqu'un. Peut-être pourrais-je essayer Austin ou San Antonio?

– Ma chère, objecta gentiment la secrétaire, je sais qu'il n'y a aucun espoir du côté de San Antonio : ils sont tous sur le chantier de Earl. Et si vous engagez quelqu'un d'Austin, cela vous coûtera une fortune. Payable d'avance.

– Combien ? s'enquit Maxence en retenant sa respiration.

Mais en apprenant le prix, elle faillit s'évanouir. Des larmes coulaient de ses grands yeux noirs. Le succès était si proche... Elle ne pouvait capituler si vite.

– Il existe bien quelqu'un qui pourrait creuser ce puits pour moi. C'est extrêmement urgent.

– La seule personne que je connaisse... Non, il ne le fera pas.

– Qui ? Vous pensez à quelqu'un d'autre ?

– Eh bien... A vous voir si désespérée, je peux vous conseiller Goose Gallagher. Mais il a plus de quatre-vingts ans et se trouve la plupart du temps ivre comme un Polonais.

– Écoutez, je suis prête à essayer le diable, s'il le faut. Appelons-le.

Goose n'avait pas le téléphone mais la secrétaire lui donna son adresse accompagnée d'un plan. En partant sur la route sinueuse, Maxence pria en croisant les doigts.

La maison du vieux foreur n'était qu'une masure décrépie, qui moisissait au bord de la rivière et semblait prête à s'effondrer à tout instant. Son bout de jardin était un terrain vague où pourrissaient pêle-mêle une carcasse de voiture, un matelas décharné, des pneus de toutes sortes, une vieille machine à laver et un tas de ferraille rouillée. Quelques poules picoraient devant la porte et deux chèvres broutaient l'herbe rare poussant encore près d'une remise.

Ordonnant à Sorcier de rester dans la Charger, Maxence s'avança prudemment à travers le chantier qui s'offrait à ses yeux. Sous le porche branlant accolé à la bicoque, un vieil homme se balançait sur un fauteuil à bascule qui avait connu des jours meilleurs. La secrétaire avait dit qu'il était âgé de quatre-vingts ans; il en paraissait cent. Quand ses vêtements avaient-ils été lavés pour la dernière fois? Dieu seul le savait. Au milieu d'un visage rougeaud d'ivrogne strié de mille rides, s'ouvrirent deux yeux bleus délavé.

— Bonjour, hasarda-t-elle en tendant la main. Vous devez être monsieur Gallagher. Je m'appelle Maxence Strahan.

Le vieil homme jeta par terre sa boîte de bière et se leva. Titubant légèrement, il annonça :

— On m'appelle Goose. Qu'est-ce que je peux faire pour vous, petite madame?

La force de sa poigne la surprit. Et ses mains calleuses étaient celles d'un travailleur.

— Je cherche un bon foreur.

— Eh bien, vous êtes tombée sur le meilleur. Amenez-vous une chaise et discutons affaires.

Lorsque Maxence lui raconta son aventure, il déclara :

— Ma petite dame, il n'y a pas d'eau là-haut. Vous allez jeter votre argent par la fenêtre. Toute ma vie j'ai essayé de creuser dans les environs.

Pas la moindre goutte. Vous avez dû tomber sur une veine de la formation Edward qui contient à peine de quoi remplir une bouteille.

Maxence ne pouvait en croire ses oreilles. Le vieux Goose refusait de l'aider. Elle devait absolument trouver un moyen de le convaincre.

— Et que pensez-vous des sourciers?

— Hum, j'ai bien essayé une ou deux fois. Ça n'a jamais marché. Il y avait quelqu'un, dans le temps, qui aurait pu tenter le coup. Dal, c'était un peu mon partenaire. Mais il est mort.

— Dal? lâcha Maxence en sursautant.

— Dal Maxwell. Un sacré bon sourcier. Il n'a jamais loupé un puits.

— C'était mon grand-père, avoua-t-elle, tremblante. Je suis aussi bonne que lui.

La jeune femme avait touché le point sensible. Ils se trouvèrent bientôt en train de se raconter d'anciennes anecdotes et Goose finit par accepter de creuser pour elle. Le seul problème restait l'argent. Le shérif du coin lui avait confisqué son matériel de forage car il avait écorniflé la fontaine de la mairie, en conduisant son camion en état d'ivresse.

— Deux mille dollars, ça a coûté. Voilà pourquoi il m'a tout supprimé.

Dans ce cas, où trouver l'argent pour forer? Peut-être une banque accepterait-elle de lui accorder un prêt. Réconfortée, Maxence repartit en ville.

Mais en ce samedi après-midi, les banques étaient fermées. Il ne restait rien d'autre à faire qu'à attendre le lundi suivant. En retournant vers la maison de Buck, la jeune femme se prit à imaginer qu'elle pourrait emprunter à Sean Garrett. Mais elle écarta bien vite cette idée. La mort dans l'âme, elle décida de vendre d'abord la Charger qu'elle adorait et qui l'avait emmenée partout.

En grimpant les marches de la terrasse, elle trouva, près de la porte deux énormes bouquets de roses rouges accompagnés d'un petit mot : « Voici tout ce qui restait chez le fleuriste. Amitiés, Sean. »

Maxence éclata d'un rire joyeux et entra chez elle en emportant soigneusement les deux vases de fleurs. Elle installa le premier dans le salon et l'autre dans sa chambre. Jamais elle n'avait reçu de roses auparavant. Elles sentaient délicieusement bon et la jeune femme imaginait déjà un scénario pour la soirée à venir.

« Un endroit plus doux... », avait-il dit.

Il était presque dix heures. Le repas avait refroidi et Maxence rangea le tout dans le réfrigérateur avant d'éteindre les bougies. Où était Sean ? Elle avait été certaine qu'il viendrait, et se sentait à présent presque honteuse d'avoir passé une robe de soie et des dessous plus que féminins.

Sachant qu'à la moindre contrariété elle éclaterait en sanglots, elle s'efforçait de ne plus penser à lui. Alors, elle revêtit une chemise de nuit, se prépara un énorme bol de pop-corns et grimpa dans son lit pour regarder *Alien*.

Au milieu de la nuit, elle s'éveilla brusquement. Sorcier gémissait à ses pieds et la pièce se trouvait plongée dans le noir. Le cœur de Maxence battait encore après le cauchemar qu'elle venait de faire. Le doberman dressa les oreilles et tourna la tête en direction de la fenêtre. Une terreur sourde paralysa la jeune femme. Son premier geste fut de se cacher sous les draps, frémissante d'horreur, prête à l'inévitable.

Debout derrière la fenêtre, sinistrement illuminée par un rayon de lune, la créature hideuse l'observait.

6

MAXENCE hurla et bondit du lit pour courir désespérée, vers le téléphone de la cuisine. Le numéro de Sean fut le premier qu'elle lut sur le carnet avant de le composer fébrilement. Sean répondit dès la seconde sonnerie.

– Sean, appelez la police! Il est là! Alien!

Elle raccrocha précipitamment et tomba à la renverse sur le carrelage.

Les genoux ramenés sous elle, Maxence alla se blottir contre le placard, tremblante, essayant de reprendre son souffle. Sorcier se coucha près d'elle et posa la tête au creux de son bras, tout aussi terrorisé qu'elle.

Quelques minutes plus tard, de violents coups à la porte se firent entendre. La jeune femme crut défaillir.

– Maxence, ouvrez!

C'était Sean! Elle se rua dans l'entrée. Ses doigts vibraient à tel point sous l'effet de la peur qu'elle dut s'y reprendre à trois fois pour tourner le loquet. Enfin, elle ouvrit la porte en catastrophe et se jeta dans les bras de Sean.

– Mon Dieu, Angela! Vous tremblez comme une feuille. Que se passe-t-il?

– Un monstre! lâcha-t-elle en se cachant la tête contre son torse nu. Il veut m'attraper... Je l'ai vu. Il me regardait par la fenêtre.

– Calmez-vous ma chérie. Je suis là.

Faisant hurler sa sirène, une voiture de police vint se garer devant la maison. Une portière claqua. Maxence s'agrippa aux épaules de Sean qui avait à peine eu le temps d'enfiler un jean et de prévenir la police, avant de courir à son secours.

– Ne me laissez pas, supplia-t-elle.

– Je reste là, rassura-t-il. Je dois simplement parler au shérif. Je reviens.

Le cœur déchiré de la voir ainsi, il l'installa confortablement sur le canapé. Quelle vision avait pu lui causer une telle terreur? La jeune géologue qu'il connaissait ne semblait pas sujette à une telle hystérie. Il était furieux à l'idée que quelqu'un ait pu la mettre dans un tel état.

– Tout semble calme, lui dit le shérif. Mais regardez ce que j'ai trouvé dans les buissons : un bas. C'est certainement notre voleur. Elle l'aura sans doute effrayé. Mais il doit être loin, maintenant.

Sean s'en voulait à mort de ne pas s'être trouvé près d'elle plus tôt. Mais il allait vite remédier au problème : il prendrait Maxence et le chien chez lui, là où ils devaient désormais vivre.

Réunissant ses affaires, il les rangea dans la Charger. Puis, surpris malgré tout de constater qu'elle ne s'opposait pas à le suivre, il l'entoura d'une couverture et lui demanda les clefs du véhicule. Après l'avoir installée à la place du passager, il démarra en direction de sa maison.

Blottie contre lui, Maxence trouva le réconfort au creux de son bras puissant. Sans doute le monstre n'était-il que ce rôdeur qui s'était passé un bas sur la tête. Tout en se sentant un peu stupide à présent, elle songeait qu'elle n'avait jamais eu aussi peur de sa vie. Et, pour tout l'or du monde, elle n'aurait jamais accepté de passer le reste de la nuit seule dans cette maison...

— Vous n'avez pas de chemise, articula-t-elle.

— Vous m'avez tellement effrayé que je n'ai pas eu le temps d'en passer une. Soyez heureuse que j'aie pris le soin d'enfiler un jean.

— Merci d'être venu, Sean. Après ce dîner refroidi, j'avais peur de ne plus jamais vous revoir.

— Quel dîner?

— Celui que je vous avais préparé ce soir. Mais vous n'êtes pas venu et il est resté intact.

— Angela, je... je...

— Cela ne fait rien. Vous ne m'aviez rien promis. Je pensais juste... Vous ai-je remercié pour les fleurs? Elles sont magnifiques. Mon Dieu! nous avons oublié les roses!

— Ne vous en faites pas, nous les prendrons demain.

Maxence était loin d'être petite mais il lui fit passer le seuil de sa maison en la portant dans ces bras. Elle semblait ne rien peser. Comme il ne lui vint même pas à l'idée de la faire coucher dans la chambre d'amis, Sean se dirigea tout droit vers la sienne et la déposa sur le grand lit, déjà ouvert. Une petite lampe de cuivre éclairait intimement la pièce dans laquelle elle se sentit immédiatement en sécurité.

— Vous restez ici pendant que j'installe Sorcier et que j'apporte vos affaires.

L'air grave, il se planta un instant devant elle avant de sortir. Rassurée, la jeune femme se cala contre l'oreiller. Il sentait bon l'odeur de Sean. Une odeur séduisante, masculine... autant que lui.

La grande pièce lui ressemblait aussi, confortable, chaude, recouverte de boiseries. Sur une table, elle remarqua de loin un gros livre qui la fit sourire : *La peinture en vingt leçons*. Elle aperçut également un roman de Stephen King, le roi de l'horreur. Cette idée la fit frémir.

Rejetant le drap, Maxence se leva et se dirigea vers la salle de bains. Désolée du spectacle qu'elle découvrit dans le miroir, elle saisit une brosse et s'arrangea les cheveux. Puis elle se passa de l'eau sur le visage et en but un grand verre.

— Maxence!

La jeune femme sursauta et laissa tomber le verre qui se cassa dans le lavabo. Sean ouvrit précipitamment la porte.

— Que se passe-t-il? Que faites-vous hors du lit?

— J'avais soif, Sean. Et quand vous avez crié, j'ai eu peur et j'ai fait tomber ce verre. Oh! je regrette. Je ne vous cause que des ennuis, ce soir.

— Cela ne fait rien. Vous ne vous êtes pas coupée?

– Non. Je suis juste un peu nerveuse. On dirait que mes jambes ne veulent pas me porter.

La saisissant par la taille, Sean la prit dans les bras pour la déposer à nouveau sur le lit. Il lui balaya doucement une mèche du front et murmura :

– Ma chérie, que vous est-il arrivé ce soir qui vous a causé une telle frayeur ? Je n'arrive pas à croire que la véritable boule de feu qui m'a cloué le pantalon à la fenêtre ait pu se désintégrer ainsi devant un vulgaire cambrioleur.

– C'est... sans doute parce que je savais que vous étiez un homme, alors que j'ai pris l'autre pour un monstre.

Tentant un sourire piteux devant son air intrigué, elle poursuivit :

– J'ai regardé *Alien* à la télévision et j'ai fait ensuite un cauchemar. En me réveillant, j'ai cru qu'il était l'un d'eux.

– *Alien* ? Vous devriez vous distraire avec un autre genre de film, si vous êtes sujette aux cauchemars.

– Non, protesta-t-elle, j'adore les films d'horreur. Je les regarde pour m'immuniser contre la peur. Je suis tératophobe.

– Vous êtes quoi ?

– Tératophobe. J'ai peur des monstres. Depuis que je suis toute petite. Cela ne vous est jamais arrivé, enfant, de vous cacher sous votre lit en vous imaginant que d'horribles créatures allaient vous dévorer ?

– Mon Dieu, non ! On ne m'a jamais raconté d'histoires pareilles. Qui vous faisait croire cela ?

– Mon père.

– Et votre mère le laissait faire?

– Elle est morte quand j'avais deux ans et je crois qu'il m'en a toujours voulu. Elle ne s'est jamais vraiment remise après ma naissance. Il l'adorait et me préférait de loin à mon demi-frère, Carl qui, lui non plus, ne m'aimait guère. J'imagine que je représentais pour eux la calamité. Voilà sans doute pourquoi mon père se vengeait en me racontant de terrifiantes histoires de monstres cachés sous mon lit. J'en reste encore marquée aujourd'hui.

– Mon Dieu, Angela... Je ne peux imaginer quelqu'un vous traitant de la sorte. Je crois que je pourrais le tuer.

– Croyez-moi, Sean, cela ne vaut pas la peine. Mais merci de vous faire du souci pour moi.

– Oui je me fais du souci, reprit-il en lui déposant un baiser sur la paume. Vous ne vous imaginez pas à quel point je vous aime Angela. Je vous aime depuis le premier instant où je vous aie vue.

Maxence crut s'évanouir de bonheur. De ses doigts fins, elle lui caressa le visage et, les yeux pleins de larmes, elle soupira :

– Oh! Sean.

– Je n'ai jamais désiré quelqu'un aussi fort que vous. Au moindre contact, je...

Tandis que la main de Maxence continuait son voyage sur le torse nu de Sean, il entreprit de lui défaire sa chemise de nuit.

– Je veux vous voir, vous toucher, m'emplir de vous.

Lorsqu'il vint à bout de la rangée de boutons, Sean ouvrit lentement le vêtement et en resta extasié. Une brusque vague de désir enveloppa Maxence qui s'arc-bouta afin de s'offrir complètement à lui. D'une paume légère, il lui caressa la poitrine avec une infinie douceur qui la fit gémir de plaisir.

Impatiente, Maxence n'en pouvait plus. Ce délicieux tourment devenant intolérable, elle se mit à supplier son compagnon, ignorant elle-même la cause de cette prière. Elle se sentait devenir folle.

— Doucement, mon amour, tenta-t-il de la calmer. Nous avons toute la nuit et davantage. Laissez-moi goûter chaque centimètre de votre peau si douce, de votre beauté.

Après avoir repoussé les draps au bout du lit, il acheva de la défaire de sa chemise qui atterrit sur le sol. Puis il se leva, ôta enfin ses chaussures et se touna vers la jeune femme étendue, uniquement vêtue d'un délicat linge de dentelle ivoire. Pudique, Maxence esquissa le geste d'éteindre la lampe de chevet.

— Non, Angela, je vous en prie. Je voudrais vous voir. Vous êtes encore plus belle que je l'avais imaginé. Et Dieu sait si j'ai pu vous imaginer ainsi...

Sean se pencha sur elle et laissa remonter ses mains sur les jambes satinées de Maxence. Ses pouces arrivèrent enfin à la hauteur du fin tissu qui lui cachait encore sa nudité et, lentement, il le fit glisser le long des cuisses sans détacher d'elle son regard dévoré d'amour.

La jeune femme ressentait l'impression folle d'être offerte en sacrifice à celui qu'elle adorait. La bouche de Sean se promenait à présent partout sur son corps en extase, tandis que de faibles plaintes s'échappaient de sa gorge. Il s'étendit à côté d'elle en ne la couvrant qu'à moitié.

– Sean, je vous en prie..., se lamenta-t-elle.

Mais les lèvres de son compagnon la réduisirent au silence dans un baiser si passionné qu'elle crut s'y noyer. Elle s'agrippa à lui, ses doigts s'enfonçant rageusement dans son dos, son corps souple venant s'arrimer au sien. Seul restait comme rempart à leur union la rugueuse étoffe du jean de Sean. Glissant de côté, celui-ci se défit rapidement de son pantalon sous le regard admiratif et fasciné de Maxence. Il était magnifique! Sa puissante silhouette virile et musclée la dominait maintenant de toute sa splendeur.

La jeune femme ne put réprimer un gémissement d'admiration, ce qui le fit sourire de plaisir.

– Je suis tout à toi, ma chérie, articula-t-il en couvrant son corps du sien. Possède-moi, je suis à toi et tu es à moi. Pour toujours.

Maxence lisait de l'amour dans son regard. Un fol amour, celui qu'elle ressentait elle-même depuis quelques instants. Il fallait le lui prouver. Elle ne pouvait plus attendre.

– Je t'aime, Sean, soupira-t-elle en l'étreignant de toutes ses forces.

Sean perdait à présent tout contrôle de lui-même. Grimaçant de désir, il se donna à sa compagne, d'abord avec une lenteur insoutenable puis de plus en plus violemment. Toute douceur ayant disparu, il ne régnait plus entre eux que fièvre et passion. Orage et feu. Faim et folie. Leurs souffles se firent rapides, saccadés, tandis que leur corps humides se mouvaient ensemble, vibrant au même rythme.

Maxence entra en collision avec un soleil qui éclata en elle, explosant en un million de prismes lumineux. Elle cria en se propulsant davantage encore vers la source de son immense plaisir. Sean hésita une seconde avant de faire écho au mouvement de la jeune femme et se laissa retomber à ses côtés, anéanti, heureux, ébloui.

Au bout d'un moment, calmé, il remonta doucement le drap sur leurs corps pantelants de bonheur.

— Mon amour, je ne voulais pas me montrer si brutal. Mais j'ai cru devenir fou. Pardonne-moi. Je crois que près de toi, je perds tout contrôle de moi-même.

Dans un geste tendre, Maxence repoussa l'épaisse frange auburn qui collait à son front humide.

— Tu n'étais pas brutal, tu étais merveilleux. Je ne vais pas casser, Sean. Je suis résistante... excepté devant les monstres.

— Tu n'es pas résistante, ma chérie. Tu es douce comme de la soie. Et le seul être qui se trouve près de toi ce soir, c'est moi. Tu peux dormir, mon cœur. Je combattrai les monstres pour toi.

Durant un long moment, Sean la tint serrée contre lui, savourant son amour pour elle, faisant des projets d'avenir, se posant des questions sur son passé, sur celui qui avait réussi à jalonner de terreur l'enfance, peut-être la vie entière de Maxence.

Lorsqu'il entendit un grattement suivi d'un gémissement à la porte, il se leva doucement afin de ne pas la réveiller. Désormais, Sorcier allait devoir apprendre à dormir dans la cuisine.

Le parfum du café chatouilla les narines de la jeune femme. Une main masculine était posée sur sa poitrine, un nez froid collée contre sa joue. Clignant plusieurs fois des paupières, elle ouvrit enfin les yeux. La main appartenait à Sean, le nez à Sorcier. Le chien l'observait d'un regard languide. Elle le gratifia d'une caresse sur la tête puis s'assit lentement sans déranger celui qui était roulé en boule à côté d'elle.

Mais instantanément, les doigts de Sean se resserrèrent tandis que sa jambe venait recouvrir les siennes.

— Où vas-tu ? demanda-t-il d'une voix ensommeillée.

— Sorcier a besoin de sortir.

— Ne bouge pas, j'y vais, proposa-t-il en se mettant à lui caresser le dos.

— Sean, s'il te plaît...

— D'accord, d'accord.

Après l'avoir gratifiée d'un dernier baiser sur l'épaule, il se décida à se lever et déclara à l'adresse du doberman :

— La première chose que nous allons faire pour

toi, mon garçon, ce sera de te percer dans la porte une ouverture à ta taille.

Puis il ajouta :

— Garde ma place au chaud, chérie. Je reviens tout de suite.

Maxence s'étira avec la satisfaction d'une chatte heureuse, avant de se rendre à la salle de bains. Elle se sentait merveilleusement bien. Sean se révélait tout à la fois délicieux, vigoureux et aimant. Elle ne pouvait imaginer quelqu'un lui plaisant davantage. Non pas qu'elle eût beaucoup d'expérience avec les deux brèves aventures qu'elle avait vécues auparavant. La jeune femme n'en avait rien tiré de transcendant et en était même arrivée à se demander pourquoi l'on faisait tant de bruit autour de l'amour. Mais ces deux histoires n'avaient pas eu grand-chose à voir avec l'amour. Aujourd'hui c'était différent.

Se glissant sous la douche, elle soupira d'aise en sentant l'eau tiède lui rafraîchir le corps et se mit à chanter doucement. Soudain, la porte s'ouvrit et apparut Sean, le sourire aux lèvres, un bol à la main. Il se débarrassa de son peignoir et la rejoignit.

— Bois, ceci, ma chérie, pendant que je m'occupe de prodiguer à ton corps les plus douces caresses.

— Sean, s'alarma-t-elle, je vais avoir de l'eau plein mon café.

— Il y en a encore, rétorqua-t-il en lui prenant le bol des mains pour le poser au coin de la douche.

Mais de longues et délicieuses minutes s'écoulèrent encore avant que Maxence puisse goûter à sa boisson. Plus tard, roulés dans d'épaisses serviettes éponge, ils s'assirent au milieu du lit pour déguster un jus d'orange frais accompagné de petits pains chauds et... de café.

— Ils sont bons! s'exclama Maxence à qui l'amour donnait faim

— Loma les a préparés ce matin pour toi.

— Loma? s'écria-t-elle. Elle est là? Mon Dieu, Sean, que va-t-elle penser? Nous n'avons pas été particulièrement silencieux sous la douche.

— C'est toi qui n'as pas été silencieuse, Angela, précisa-t-il en la défaisant délicatement de sa serviette. Moi je me suis tenu tranquille.

— Sean, je suis horriblement gênée. Je ne pourrais plus jamais la regarder en face, maintenant.

— Ne t'en fais pas, mon ange. Loma ne travaille pas le dimanche. Elle a seulement laissé du café fumant sur la cafetière électrique et les *muffins* au chaud dans le four allumé. Il n'y avait personne d'autre que moi pour entendre tes petits cris d'oiseau. Et cela m'a infiniment plu.

— Sean...

— Oui, ma chérie? Mais au fait, t'ai-je dit ce matin que je t'aimais?

Il était midi passé lorsque Sean chargea l'énorme chambre à air dans la camionnette. Il faisait beau et chaud, le temps parfait pour barboter dans la Guadalupe. Tous deux avaient revêtu maillot de bain et tee-shirt, et s'apprêtaient à partir pique-niquer.

– Pourquoi ne pas rester ici au bord de la rivière? proposa Maxence.

– Il y a trop de courant et trop de cailloux, répliqua-t-il en faisant démarrer la Charger. Je connais un meilleur endroit, à quelques kilomètres d'ici. Mais je n'arrive pas à croire que tu ne te sois encore jamais baignée dans la Guadalupe.

– Si, je l'ai fait. J'en garde même les plus beaux souvenirs de mon enfance. Il y avait mon grand-père; je l'adorais. Nous pêchions ensemble, faisions du canoë et nous promenions souvent dans les collines. Je passais mon temps à supplier de me laisser vivre auprès de lui.

– Et pourquoi ne le pouvais-tu pas?

– Mon père ne voulait pas. Par dépit, je crois. Mon grand-père et lui se détestaient. Et puis, il ne voulait pas laisser filer la pension qui m'a été allouée après la mort de ma mère.

– Quel charmant personnage! Où est-il, maintenant?

– Je n'en ai pas la moindre idée. J'ai quitté la maison à dix-huit ans quand j'ai pu toucher les fonds que grand-père m'avait légués; juste assez pour m'offrir des cours à la faculté.

– Tu n'as pas revu ton père depuis?

– Je lui ai envoyé une invitation pour la cérémonie de remise des diplômes mais je n'ai reçu aucune réponse.

– Et ton beau-frère?

– Je suppose qu'il se trouve toujours dans les Marines qu'il avait rejoints juste avant d'entamer l'université. Mon père aurait voulu qu'il devienne géologue ou ingénieur mais Carl n'a jamais été tenté par les études.

Sean arrêta la Charger près de la rivière et, bientôt, tous deux s'amusèrent comme des enfants, tournoyant au milieu de l'eau dans leur chambre à air tandis que Sorcier galopait le long de la rive en aboyant d'excitation.

– T'es-tu amusée ? lui demanda-t-il ensuite au cours de leur pique-nique.

– Comme une folle.

– Imagine ce que nous pourrons raconter plus tard à nos petits-enfants.

Souriant avec mélancolie, Maxence s'allongea sur la couverture, bientôt rejointe par Sean qui se mit à lui taquiner le bout du nez avec un brin d'herbe. Jamais elle ne s'était sentie aussi heureuse, à ce point apaisée. Plus aucun souci ne la hantait. En l'espace de quelques jours seulement, sa vie avait changé du tout au tout. Elle avait enfin l'impression que le destin commençait à tourner à son avantage.

7

MAXENCE avait la migraine et son pied la faisait souffrir. Après avoir jeté sa veste sur le siège de la Charger, elle y grimpa et, appuyant les coudes sur le volant, s'y reposa la tête avec lassitude. Il lui fallait absolument combattre cette angoisse qui la tourmentait.

Sept heures plus tôt, ce matin-là, elle s'était levée le cœur léger et plein d'espoir. Elle s'était coiffée d'un chignon sage, avait passé son ensemble qui convenait le mieux à une discussion d'affaires : jupe et veste de gabardine bleu marine, chemisier de soie blanche à jabot et escarpins assortis. Convaincue du succès de son expédition, elle avait souri mystérieusement à Sean lorsqu'il lui avait demandé où elle se rendait. Elle serait de retour sous peu...

Quelle amère déception! Elle s'était entretenue avec tout ce que la ville comptait de banquiers ou de financiers, dont certains avaient une réputation plus que discutable, et la réponse avait été la même partout : pas de prêt.

En milieu d'après-midi, elle appela son agence

immobilière à Houston, pour demander si un acheteur s'était présenté avec une offre valable pour sa maison. Pas le moindre visiteur en vue.

Bien sûr, la jeune femme pouvait toujours s'en remettre à Sean qui lui prêterait volontiers de l'argent. Mais ce serait avouer sa défaite. Elle devait s'en tirer seule. C'était une histoire d'amour-propre.

Inspirant une grande bouffée d'air, Maxence se décida à l'inévitable : vendre sa chère Charger. Mais pas le jour même. C'était trop lui demander. D'autre part, il se faisait tard et Sean, tel qu'elle le connaissait, allait s'inquiéter s'il ne la voyait pas rentrer. Le lendemain matin, tout irait mieux. Elle n'en était pas à un jour près.

En chemin, elle crut entendre le rire sec et railleur de son père. Serrant les dents et levant haut le menton, Maxence se rappela qu'elle était forte et même invincible.

Sean l'attendait sur la terrasse.

— Tu sembles fatiguée, ma chérie, dit-il en l'attirant contre lui. Tu m'as manqué, tu sais. En as-tu terminé avec tes quelques détails à régler ?

— Pas tout à fait, admit-elle en se blottissant contre le torse puissant de son compagnon.

C'était si bon de se retrouver dans ses bras ! Malgré l'irrésistible désir de lui faire part de ses déceptions de la journée, elle tint le coup et parvint à lui cacher ses problèmes.

— J'ai un mal de tête épouvantable, lâcha-t-elle à la place. C'est comme si quelqu'un jouait des percussions dans mon crâne. Et je crois que j'ai une ampoule au pied.

— Mais nous allons nous occuper de cela tout de suite, madame. Laisse-moi regarder... Tu as aussi un bas filé, au cas où tu ne l'aurais pas remarqué.

Ce disant, Sean remonta lentement la main le long de la jambe de Maxence et la fit disparaître sous la jupe.

— Non, Sean. Pardonne-moi, mais je n'ai pas l'esprit à cela

— Mauvaise journée, hein?

— Pas très bonne, effectivement.

— Que dirais-tu d'un verre de vin blanc et d'un bon bain moussant?

— Cela ne pourra pas me faire de mal, articula-t-elle dans un sourire las. Où est Sorcier?

— Il joue dehors avec Bess.

— Bess?

— Oui, la chienne colley de Manuel, celui qui s'occupe de mes bêtes. J'ai l'impression qu'il va passer de chercheur de pétrole à gardien de moutons.

Pour la première fois de la journée, Maxence rit. Avec une reconnaissance émue, elle regarda Sean lui remplir la baignoire d'eau chaude et y verser des sels parfumés, avant de lui offrir de l'aspirine. Puis il lui donna un tendre baiser et partit chercher deux verres de vin.

Sean se sentait à la fois malheureux et impuissant. Le malaise qu'il lisait dans le regard de Maxence le bouleversait. Il aurait donné n'importe quoi pour faire renaître en elle une étincelle de joie. Elle semblait anéantie, et il savait pourquoi.

Sans avoir vraiment eu l'intention de l'espionner, il reconnaissait être volontairement descendu en ville afin d'y chercher le matériel nécessaire pour construire la porte du chien. Ce n'était pas une coïncidence s'il avait aperçu la jeune femme sortant de cette banque. Il l'avait ensuite suivie à distance pour la voir entrer dans un second établissement, celui où il laissait son argent et duquel il la vit ressortir déçue. Elle essayait vainement d'obtenir un prêt.

Un pincement lui serra le cœur. Si elle avait besoin d'argent, pourquoi n'était-elle pas venue le lui demander? Il lui aurait donné tout ce dont elle avait besoin ou le lui aurait prêté, avec intérêt même, si sa damnée fierté l'exigeait.

A présent, Sean se trouvait en plein dilemme : s'il lui proposait l'argent nécessaire, il devait lui expliquer comment il était au courant de ses affaires et Maxence se transformerait en bête furieuse. D'un autre côté, il ne pouvait tolérer de la laisser ainsi.

Puis l'idée lui vint de demander à son banquier de téléphoner à la géologue en lui précisant qu'il avait changé d'avis, que la banque lui prêterait le montant qu'elle désirait. Mais Maxence risquait là aussi de découvrir la supercherie.

En ruminant toutes les solutions possibles, Sean emplit deux verres de Zinfandel qu'il apporta dans la salle de bains. Il trouva la jeune femme les yeux clos, baignant dans la mousse. L'amour qu'il ressentit alors pour elle lui fit presque mal dans la poitrine.

– Angela... ?
Elle ne remua pas.

Désorientée, Maxence regarda autour d'elle. Comment avait-elle atterri au lit?

Assis en face d'elle, Sean lisait le roman de Stephen King. Un des vases de roses qu'il lui avait apportés reposait sur une petite table et leur doux parfum emplissait la pièce. Il s'était souvenu... Elle songea alors qu'elle aurait dû lui demander de prendre aussi sa guitare.

Devinant qu'elle était réveillée, Sean leva vers sa compagne un regard qui lui parut d'une incroyable douceur. Envahie à nouveau par le bonheur de se trouver près d'un homme tel que lui, elle esquissa un sourire ému et tendre.

– T'es-tu bien reposée?

– Oui. Mon mal de tête a disparu. Combien de temps ai-je dormi?

– Deux heures environ, répondit-il en venant s'allonger près d'elle.

– Je ne me souviens même pas d'être sortie de la baignoire.

– Ça, ma chère petite sorcière, c'est parce que tu te trouvais dans un autre monde. J'ai dû t'extirper de l'eau avant que tu te dissolves comme un morceau de sucre.

Tout en parlant, Sean lui effleurait la peau de caresses légères mais insistantes, si bien qu'au bout de quelques minutes, le drap qui lui recouvrait le corps se retrouva au bout de ses pieds.

– Je suis vraiment désolé que tu aies passé une

si mauvaise journée. Es-tu certaine que je ne peux rien faire pour t'aider?

— Certaine, répondit Maxence dont le souffle se raccourcissait de plus en plus.

— Je serais heureux de t'installer un forage ou de prendre en charge les problèmes financiers de l'affaire, si tu le désires.

— Non, non, s'étrangla-t-elle, envahie d'un irrésistible désir. Je... m'occupe de tout.

— Alors, as-tu faim? Loma nous a préparé un dîner, cette fois.

— Plus tard... plus tard.

Alors, doucement, tendrement, avec d'infinies précautions, Sean l'aima jusqu'à ce que, affolée d'extase, Maxence oublie le monde et sa dure réalité. Puis, ils partirent tous deux à la cuisine pour installer sur des plateaux un repas délicieux qu'ils mangèrent au lit.

A dix heures, le matin suivant, vêtue d'une tenue décontractée, Maxence attendait Jerry Bossart, garagiste de son état et revendeur de voitures d'occasion. Peut-être avait-elle commis une erreur en se rendant dans ce bureau crasseux? Elle était prête à quitter les lieux, quand entra un homme au Stetson blanc et aux bottes texanes. Il semblait aussi large que haut et ne lui arrivait pas au menton.

— Vous m'attendiez, jeune dame? demanda-t-il en lui tendant une main. Je me présente : Jerry Bossart.

Maxence se détendit lorsqu'elle aperçut, au

milieu de ce visage rubicond, deux yeux respirant la bonté et l'honnêteté.

– Excusez le désordre. C'est ma femme qui s'occupe de ça d'habitude, mais elle est à Dallas pour aider notre fille et son premier bébé. Il est né il y a deux semaines. Il n'y a pas plus mignon.

Quelques instants suffirent à Jerry et Maxence pour se mettre d'accord sur le prix de la Charger. Elle parvint même à le convaincre de lui céder en échange un véhicule bon marché qui suffirait à ses besoins.

– Je crois que j'ai quelque chose, dit-il en l'emmenant dans son parc à voitures. Il n'est pas très reluisant, mais il roule. L'épicier d'en face vient de me l'échanger pour un Bronco.

Récemment repeinte en couleurs camouflages, la Jeep semblait sortir tout droit de la Seconde Guerre mondiale. Maxence monta dedans et partit l'essayer autour du pâté de maisons. Il était évident que le véhicule avait été conçu pour être solide avant d'être confortable.

La jeune femme alla ensuite s'ouvrir un compte, en déposant le fruit de sa vente dans la banque faisant face au garage, et gardant sur elle deux mille cinq cents dollars. Puis elle jeta un dernier regard à la Charger abandonnée avec l'impression pénible de dire adieu à une amie de toujours. Donner Sorcier à la fourrière ne lui aurait pas fait plus de peine. Sa seule consolation restait que sans doute personne ne l'achèterait avant quelques jours. Si elle pouvait forer rapidement le puits, peut-être aurait-elle la possibilité de récupérer sa camionnette.

Après avoir fait l'acquisition de la paire de bas la plus fine qu'elle pût trouver, la jeune femme alla rendre visite au vieux Goose, près de la rivière. Comme la première fois, il était assis sur son rocking-chair et buvait une bière. Maxence aurait juré qu'il n'avait pas bougé de sa terrasse depuis le samedi.

— Salut, la petite dame! s'exclama-t-il dans un sourire édenté. Je croyais que vous aviez laissé tomber.

— Je n'en était pas loin, effectivement. j'ai mis un peu plus de temps que prévu pour réunir l'argent. J'ai dû vendre ma Charger et croyez-moi, Goose, cela m'a fait mal au cœur.

— Les temps sont durs, je ne vous dis que ça.

Peut-être la présence de Goose lui rappelait-elle son grand-père, peut-être étaient-ce les reflets brillants de la rivière, ou encore était-ce parce qu'elle avait besoin de parler, en tout cas, Maxence éprouva le besoin de se confier. Elle raconta au vieil homme son enfance auprès de ce père qui la détestait et la terrifiait, ses batailles, ses triomphes, ses déceptions. Elle lui fit même part de son amour grandissant pour Sean.

— Vous auriez pu demander à votre amoureux de vous aider.

— Je sais, Goose, ça me semble important de me débrouiller seule.

— C'est beau la fierté, fit-il remarquer, les yeux dans le vague. Certains disent que c'est un péché, mais moi je crois que c'est la seule chose qui nous fasse revivre chaque matin.

– Croyez-vous que nous ayons une chance de trouver de l'eau, dans cette colline?

– Oui, ma petite dame. Si vous possédez ne serait-ce que la moitié des dons de Dal Maxwell, nous allons la trouver, cette satanée veine, et leur clouer le bec à tous!

Maxence éclata de rire et lui proposa aussitôt de déjeuner. Dans le restaurant du bord de route où il l'avait emmenée, Goose, qui semblait connaître tout le monde, présenta la géologue:

– Voici la petite fille de Dal Maxwell. Nous travaillons ensemble dans le sud de la ville.

Après qu'il eut achevé sa seconde tarte au citron meringuée, tous deux se rendirent chez le shérif afin de récupérer le matériel confisqué.

Le vieux camion et sa plate-forme de forage ne semblaient pas de la première jeunesse, mais Goose rassura la jeune femme en lui tapant sur l'épaule.

– Ne vous en faite pas. Il a encore de belles années devant lui. Donnez-moi deux jours pour le remettre en forme et nous pourrons démarrer.

Maxence était déçue de ne pas pouvoir commencer immédiatement mais elle dut se rendre à l'évidence. Ils décidèrent également d'embaucher un assistant et se donnèrent rendez-vous le vendredi suivant, sur les lieux. Elle lui donna cent dollars pour la remise en état du camion ainsi que le numéro de Sean, au cas où Goose voudrait la joindre.

Puis elle partit en direction de la maison de Buck pour y reprendre sa guitare. La jeune femme en profita pour changer les draps du lit, faire un peu de ménage et nettoyer le réfrigérateur. Enfin, elle sortit en verrouillant la porte derrière elle. Quelques minutes plus tards, elle se trouvait devant l'entrée du garage de Sean. Le sourire radieux qu'il lui lança se transforma vite en froncement de sourcils à la vue de l'engin dans lequel elle roulait.

— Qu'est-ce que c'est que cette guimbarde? Où est ta Charger?

Maxence avait oublié qu'il lui demanderait une explication. Sans réfléchir, elle rétorqua :

— Elle faisait un drôle de bruit. Je l'ai laissée chez un mécanicien, en ville. Il m'a prêté celle-là en attendant.

— Je savais bien que j'aurais dû t'accompagner, ce matin. Pourquoi ne pas m'avoir dit que tu avais des ennuis avec ta camionnette? Je serais venu te chercher. Je ne veux pas te voir conduire ce tas de ferraille.

— Ce n'est pas important, Sean. C'est seulement pour quelques jours. Laisse-moi plutôt t'annoncer la bonne nouvelle : tout est prêt pour le forage.

— C'est formidable, ma chérie! Quand commençons-nous?

— Pas nous, Sean, objecta-t-elle en secouant la tête. Moi. C'est mon projet, te souviens-tu?

— Ton projet, d'accord, répliqua-t-il en levant les mains en signe d'excuse. Est-ce qu'au moins je pourrai regarder?

— Peut-être... si tu es très gentil.

— Mais je le suis. Viens à l'intérieur, je vais te montrer à quel point je peux être gentil.

– Eh, attends, Casanova! Je dois prendre ma guitare.

– Tu joues de la guitare? s'étonna-t-il avec ravissement. J'ai toujours eu envie de tomber amoureux d'une guitariste. Prends-la et viens voir quelque chose.

Intriguée, Maxence le suivit derrière la maison jusqu'à une barrière blanche clôturant un pré où gambadaient quelques moutons. Autour d'eux courait Sorcier qui tâchait de les rassembler, observé d'un œil serein par Bess. Pensant apparemment que c'en était assez, la chienne aboya et le doberman vint tranquillement s'asseoir à ses côtés.

– C'est Bess? demanda Maxence.

– Oui. Comme quelqu'un d'autre que je ne nommerai pas, il semble bien qu'elle l'ait mis à ses pieds.

Passant le bras autour de la taille de Sean, la jeune femme s'étonna:

– A qui fais-tu allusion?

– A toi, tu m'as à tes pieds. Mais j'espère que c'est réciproque. Ma chérie, ne pars plus jamais sans moi.

– J'ai tout terminé cet après-midi. Je ne bouge plus jusqu'à vendredi, c'est promis.

– As-tu trouvé un foreur?

– Le meilleur de la région, répondit-elle sans juger utile de préciser son âge avancé. C'était un ami de mon grand-père.

– Angela, es-tu certaine de ne pas avoir besoin d'un appui financier quelconque?

– Je te l'ai dit cent fois, répliqua-t-elle en se raidissant. Je me débrouille toute seule, Sean.

– Ne te fâche pas, mon amour. Je sais simplement que cela coûte très cher de forer et je serais ravi de te prêter de l'argent si tu en as besoin.

– Merci mais il m'en reste un peu.

Se détachant de lui, elle siffla Sorcier. Le chien courut à sa rencontre et la jeune femme s'agenouilla pour l'entourer de ses bras.

– Je vois que tu as un nouvel amour, mon beau.

Après qu'ils eurent dîné, Sean emmena Maxence visiter une exposition organisée par des artistes du Sud. Là-bas, il présenta la jeune femme à ses relations comme étant « une amie très chère ». Vers la fin de la soirée, il fit l'acquisition d'une magnifique statue de cuivre représentant un étalon, dont elle non plus ne pouvait détacher le regard. En le voyant signer le chèque, elle ne put s'empêcher de soupirer : l'objet coûtait plus cher que ce que lui avait rapporté la Charger.

Qu'il était difficile de chérir à ce point son indépendance !

Dès que Sean fut endormi, Maxence lui déposa un baiser sur le front et se glissa hors du lit. Prenant sa guitare, elle sortit sur la terrasse. La lune brillait étrangement, lui cachant presque le scintillement des étoiles. Les bruits de la nuit, mysrérieux et feutrés, se mêlaient au murmure de la rivière coulant en contrebas.

Grattant doucement les cordes de l'instrument, la jeune femme se mit à chanter de sa voix claire un air de country. C'était une chanson d'amour, dont Maxence avait puisé l'inspiration dans le beau regard vert Guadalupe de son compagnon.

Les larmes aux yeux, Sean se tenait dans l'ombre en l'écoutant. Il n'avait jamais rien entendu de plus beau. Jamais il n'avait reçu cadeau si précieux.

8

LORSQUE les dernières notes du refrain s'égre-
nèrent au-dessus de l'eau, Maxence leva les yeux
et découvrit Sean, à deux pas d'elle. Durant un
long moment, aucun d'entre eux n'osa ouvrir la
bouche, préférant jouir de cet instant magique qui
les rapprochait encore davantage.

— Je t'aime, Angela, lui souffla-t-il alors.

— Je t'aime, fit en écho la voix de la jeune
femme.

Tendant la main vers lui, elle l'attira auprès
d'elle, posa sa guitare à terre et vint se blottir au
creux de ses bras, la tête contre son épaule.

Il se tinrent ainsi en silence, écoutant le bruisse-
ment des arbres et les murmures de l'eau. Une
émotion intense s'empara du couple qui s'étreignit passionnément.

— Je... je ne sais que dire, bredouilla Sean.
Lorsque tu chantais, j'avais l'impression de lire
dans ton âme. Ces paroles qui sortaient de ta
gorge... J'en ai encore le cœur tremblant.

— J'imagine que c'est la raison pour laquelle j'ai
toujours aimé la musique country. Elle traduit

d'une manière si simple les émotions que l'on ressent, amour, joies ou peines... Je crois que chacun d'entre nous possède au fond de sa mémoire des souvenirs pénibles ou heureux qu'il a besoin de partager avec quelqu'un.

— Raconte-moi tes souvenirs pénibles, ma chérie.

— Je ne me souviens pas beaucoup de mon enfance, excepté que je passais mon temps à être terrifiée par ce que me racontait mon père. Il me détestait. Ma présence devait être un calvaire pour lui. Rien de ce que je faisais ne lui plaisait. Et Dieu sait si j'ai essayé de lui plaire ! A l'école, j'étais une élève modèle. Je voulais désespérément qu'il m'aime ; ou qu'au moins il approuve mes agissements. Mais il me répétait constamment que j'étais stupide, laide ou incapable de rien tirer de moi-même. Il me réservait perpétuellement des paroles cruelles. Je n'avais pas le droit d'avoir des amies ni de sortir et je suis devenue très solitaire.

— Quel personnage odieux ! Je le tuerais pour ce qu'il t'a infligé !

— Je te l'ai dit, Sean, cela ne vaut pas la peine que l'on s'en fasse à cause de lui. Et puis j'avais mon grand-père. Les merveilleux étés que j'ai passés avec lui m'ont aidée à supporter le reste. Il était gentil, doux et plein de gaieté. C'est lui qui m'a acheté les seuls vêtements décents que je portais. C'est lui qui, le premier, m'a parlé d'amour, de courage, de fierté et qui m'a appris à rire. Il m'a rendu confiance en moi. Il m'a également offert cette guitare qui, depuis, est restée ma seule amie, ma seule façon de m'exprimer.

– Tu possèdes un réel talent, ma chérie. Tu devrais te lancer dans le métier.

– J'ai bien tenté ma chance, il y a environ un an, quand j'ai constaté que mon avenir de géologue se bouchait de plus en plus... Mais chanter pour soi-même c'est totalement différent de se produire devant un public. J'avais un trac fou qui me cassait complètement la voix. C'était horrible. Heureusement, je peux continuer à composer.

– Tu veux dire que tu as écrit d'autres chansons?

– Des centaines. J'ai même un agent qui s'occupe de moi à Nashville mais je n'en ai pas encore vendu une seule. Nous sommes trop nombreux sur le marché. J'ai appris à ne plus me bercer d'espoirs.

– Si tes autres chansons sont aussi bonnes que celle-ci, ils sont fous de ne pas te les acheter.

– Merci, Sean, c'est gentil. Tu ne peux savoir combien ta confiance m'est importante.

– Je crois en toi, mon amour.

– Alors, n'abandonne jamais, Sean. Je t'en prie.

– Jamais, promit-il en la serrant contre lui. Jamais personne ne te fera du mal.

Ils traversèrent la petite place ensoleillée pour se retrouver devant la façade usée d'une ancienne mission espagnole, située au cœur de San Antonio.

– Cela ressemble bien aux reproductions que

j'en avais vues mais je ne croyais pas l'église aussi petite.

– C'est incroyable ! Tu n'es donc jamais venue visiter le fort Alamo ?

– Non. La seule fois où j'ai mis les pieds à San Antonio, c'était lors d'une conférence et nous ne sommes pas sortis de l'hôtel où elle avait lieu.

La ville étant située à une heure de Kerrville, ils avaient décidé d'y passer la journée puis d'y coucher. Maxence avait proposé de s'y rendre dans la vieille Jeep, mais Sean avait préféré la Jaguar qu'il avait garée à deux pas du fort Alamo. A l'intérieur de l'ancienne église, Maxence ôta ses lunettes de soleil et apprécia la fraîcheur et le silence que créaient les murs épais. L'air frais et imprégné d'humidité contribuait aisément à rappeler le drame qui s'était joué sur ces lieux mêmes, pendant le siège du fort par les Mexicains.

– Je devine presque les échos du passé, soupira la jeune femme, émue. Les hurlements, les bruits des canons, la misère et la famine qui décimaient les assiégés... Il y a des fantômes ici, tu les sens ?

– C'est étrange comme cet endroit peut t'impressionner, articula Sean en la prenant par l'épaule. J'y suis moi-même venu à l'âge de cinq ou six ans et je n'avais qu'une envie : me transporter à l'époque du siège et me battre aux côtés de Jim Bowie et Davy Crocket. Je fermais les yeux très fort pour les rouvrir sur l'image de ma mère qui m'entraînait vers la sortie.

Ils passèrent encore quelques instants dans le

vieil édifice puis ressortirent dans le jardin de derrière.

— Parle-moi de ta famille, Sean. Je sais seulement qu'Adrienne est ta sœur aînée.

— Adrienne a trois ans de plus que moi et a épousé le directeur d'une importante société d'assurances. Ils habitent à Dallas et ont une fille de quatorze ans, qui adore le rock et se prépare à des études de médecine. Quant à Suzanne, elle est née deux ans après moi. Elle est géographe et vit à Washington.

— Est-elle mariée?

— Divorcée. Elle n'a pas d'enfants.

— Tes sœurs ont-elles les yeux verts, comme toi?

— Tu aimes vraiment mes yeux, hein?

— Oh! oui. C'est la première chose que j'ai remarquée chez toi. En fait non, peut-être pas la première...

— Ah? Et qu'as-tu remarqué d'abord? s'étonna-t-il.

— Ton pied. Il m'a paru immense.

Au bout de la place sur laquelle donnait le jardin, ils s'arrêtèrent devant un marchand de glaces et achetèrent des sorbets à la fraise avant de remonter dans la Jaguar.

— Quelle est ta parenté avec les Barton? demanda Maxence.

— Buck est le grand frère de ma mère.

— Tes parents vivent-ils toujours?

— Maman, oui. Elle habite dans un appartement à Austin, quand elle ne fait pas le tour du monde avec ses amies. En ce moment, elle se trouve à Londres. Elle a toujours voulu voyager et papa lui avait promis de le faire, une fois qu'il aurait pris sa retraite. Mais il est mort un an avant, d'une crise cardiaque. Ils n'auront jamais pu goûter ce plaisir ensemble. Mon père se consacrait trop à son travail.

Sean fit démarrer la Jaguar et partit en direction de leur hôtel, situé au bord du canal, en plein centre ville.

– Voilà pourquoi tu as décidé de prendre ta retraite si tôt?

– Oui. J'ai fait prospérer la petite société de mon père et j'ai passé le reste de mon temps et de mon énergie à fabriquer l'argent dont j'avais besoin. J'ai l'intention de vivre les trente ou quarante années à venir en profitant de la vie, de ma femme et de mes enfants.

– Mais tu n'as pas de femme, s'étonna Maxence, prise soudain d'un doute terrible. Tu es marié?

Sean arrêta la voiture devant l'entrée de l'hôtel. Un sourire lui plissa le coin des yeux tandis qu'il lui effleurait la joue du revers de la main.

– Pas encore. Je voulais justement en discuter avec toi.

Avant que Maxence ait eu le temps d'interpréter cette réflexion, un employé de l'hôtel lui avait ouvert la portière. Elle descendit de voiture et le couple se trouva aussitôt entouré d'un bagagiste et du portier qui les fit entrer.

En pénétrant dans la suite que Sean avait réservée, la jeune femme laissa échapper un petit cri d'admiration. Les deux pièces étaient somptueusement décorées ; le mobilier contemporain y avait des tons harmonieux et chauds. Partout où elle posait les yeux se trouvaient des fleurs et le grand lit était recouvert d'une magnifique couverture de soie ivoire. L'opulente et luxueuse salle de bains, où dominaient les couleurs beige rosé, combla d'aise la jeune femme.

– Cela te plaît ? demanda Sean.

– Et comment ! Tu es sûr qu'ils ne nous ont pas confondus avec Charles et Diana ?

– Aucun danger : tu es un peu plus belle que Diana et je suis plus grand que Charles.

– Explique-moi pourquoi le directeur en personne s'est dérangé pour nous accueilllir ?

– Je possède une partie de l'hôtel, ma chérie.

– Je comprends, articula-t-elle, sidérée.

– Angela, je te rappelle que nous avons à discuter de quelque chose ensemble. Tu te souviens ?

Maxence se souvenait parfaitement. Et pourtant, aussi belle que fût leur relation, elle estimait qu'il était encore trop tôt pour prendre un engagement. Et puis elle devait voir clair dans sa vie et se prouver à elle-même qu'elle était capable de s'en sortir. Il lui fallait se débarrasser du mauvais souvenir de son père qui planait encore au-dessus d'elle comme un nuage noir.

– Sean, laissons cela de côté pour l'instant. Je crois que nous avons encore besoin de réfléchir.

Mais Sean n'était pas de cet avis. Il avait compris depuis le début que Maxence était la femme qu'il lui fallait, celle avec qui il imaginait depuis longtemps passer le reste de son existence. Ils se complétaient l'un et l'autre, non seulement dans leur entente physique qui allait au-delà de ses espérances mais moralement aussi. Ils avaient beaucoup de choses en commun.

Tous deux aimaient cette région de collines au cœur du Texas et ils avaient les mêmes envies de voyages. Maxence rêvait de visiter aussi bien l'Écosse que la Grèce ou le Pérou, pays qui attiraient également Sean. De plus, il avait le temps et l'argent pour leur permettre à tous deux de s'évader au bout de la Terre, de faire ce que bon leur semblait. Rien ne pouvait lui faire davantage plaisir que d'étaler le monde aux pieds de celle qu'il aimait et de la voir sourire. Tout ce que l'argent pouvait acheter ou que l'amour pouvait procurer serait pour elle.

Sean savait aussi que Maxence ferait une excellente mère. Il imaginait déjà une ravissante petite fille aux yeux noirs et aux cheveux blonds. Un ange, comme sa maman... Ou peut-être deux garçons. Que la vie serait belle, en famille !

Si cela ne dépendait que de lui, ils se marieraient avant le lever du soleil. Sean n'avait pas besoin de temps pour se décider. Maxence était à lui et il lui appartenait. C'était aussi simple que cela. Mais l'en convaincre semblait une tout autre affaire. Il attendrait un peu. Pas trop longtemps. Un jour ou deux.

— Viens avec moi sur le balcon, Angela. Je voudrais te montrer quelque chose. Tu vois ce canal, en bas, c'est le Paseo del Rio, la réponse de San Antonio à Venise.

Les deux rives pavées de la rivière regorgeaient de magnolias géants et de plantes tropicales. Les parasols multicolores, qui ombrageaient les tables des restaurants, jonchaient le passage donnaient un air de fête au canal. Des bateaux-promenade glissaient sur l'eau qu'enjambaient çà et là de petits ponts voûtés.

— C'est magnifique! s'extasia Maxence.

— C'est encore plus beau la nuit quand les restaurants et les boutiques sont éclairés. Nous irons nous y promener tout à l'heure, si tu en as envie.

— Faudra-t-il attendre longtemps? Je sens déjà d'ici l'odeur des *enchiladas*.

— Tu aimes la cuisine mexicaine, ma chérie?

— Je l'adore. Allons-y.

Après avoir rapidement défait leurs valises, ils descendirent sur le *paseo* pour y trouver le restaurant où Sean jurait qu'on mangeait les meilleures *enchiladas* de la ville.

En sirotant sa *margarita*, la jeune femme joua à cache-cache avec une ravissante petite fille qui suçait son pouce à la table voisine.

— Aimes-tu les enfants? demanda Sean, attendri.

— J'ai fait beaucoup de baby-sitting pendant mes études. Et je gardais souvent les enfants de John Ramsey afin qu'il puisse s'évader avec sa femme durant les week-ends. Ils me manquent beaucoup.

— N'as-tu jamais pensé à en avoir un?

– Parfois, avoua-t-elle en se laissant distraire par l'assiette que le garçon venait de poser devant elle.

Après leur déjeuner, ils se promenèrent le long du *paseo* en faisant du lèche-vitrines. Sean tint à lui offrir une jolie paire de boucles d'oreilles en argent et Maxence en choisit une autre pour Loma. Puis la jeune femme tomba en extase devant un petit sac du soir ouvragé de perles et de strass. Là encore, Sean insista pour lui en faire cadeau. Malgré ses protestations, il demanda à la vendeuse de l'emballer.

– Te gâter me fait plaisir, Maxence, expliqua-t-il en sortant du magasin.

Ils continuèrent leur balade en effectuant un petit tour en bateau-taxi, ce qui leur fit terminer paresseusement l'après-midi. Lorsque enfin le soleil commença de décliner derrière les hauts bâtiments du centre ville, Sean murmura à l'oreille de sa compagne :

– Je pense qu'un bain nous ferait le plus grand bien. Ne crois-tu pas que nous devrions profiter de l'immense baignoire *jacuzzi* de notre suite ? J'y songe depuis deux heures... Viens.

La jeune géologue s'étrangla de rire et s'accrocha à son bras.

– Pas si vite, Sean, s'écria-t-elle en courant presque derrière lui. Je n'ai pas d'aussi longues jambes que les tiennes et je m'essouffle.

Sean s'arrêta net et l'observa en souriant.

– Désolé, ma chérie, mais je ne peux plus attendre.

Ce disant, ils se pencha et lui susurra à l'oreille des mots d'amour qui lui expliquèrent parfaitement ses intentions pour les deux heures à venir.

Un délicieux vertige s'empara de Maxence qui sentit ses genoux faiblir sous elle et ferma les yeux.

— Tout cela? murmura-t-elle.

— Et plus encore..., répondit-il l'air mystérieux.

La jeune femme était allongée dans la baignoire, les bras appuyés sur le rebord et les jambes encerclant encore la taille de Sean. L'hôtel aurait été en feu qu'elle n'aurait pas bougé d'un centimètre.

— Je crois que je vais mourir, soupira-t-elle avec langueur.

— Moi aussi, reprit Sean, la tête reposant sur l'épaule de la jeune femme. Mais ce ne sont pas des façons de faire. Que dirait la soubrette si elle nous trouvait morts ensemble dans cette salle de bains?

— J'imagine déjà la façon dont ils annonceraient l'incident à la télévision, répondit Maxence en souriant.

— Nous devrions sortir, tu ne crois pas? dit-il en lui saisissant les chevilles qu'elle lui maintenait plaquées dans le dos. Ta plante des pieds se fripe.

Avec paresse, il se leva en l'entraînant avec lui et tout deux sortirent du bain pour s'envelopper dans de grands peignoirs blancs. Puis, s'allongeant sur le lit, ils s'endormirent quelques instants.

Maxence fut réveillée par de doux baisers sur le bout de son nez.

– Debout, Belle au Bois Dormant. Ton prince meurt de faim.

– Mon Dieu, quelle heure est-il? demanda-t-elle en s'étirant.

– Plus de huit heures.

– Mon pauvre bébé! As-tu envie de faire monter un repas?

– Non, j'ai retenu une table dans le restaurant du dernier étage. La cuisine y est excellente et il y a un orchestre. J'ai pensé que cela te plairait. Et puis je veux que l'on te voie.

– Que l'on me voie?

– Oui, je veux montrer à tous la beauté que tu es.

Sean se vêtit d'un costume gris et Maxence passa sa robe de soie bleue. Elle coiffa sa chevelure en un lourd chignon d'où partaient quelques mèches blondes et pendit à ses oreilles les boucles achetées l'après-midi. Enfin, elle glissa dans son nouveau sac son portefeuille et un bâton de rouge à lèvres puis enfila de fines sandales argentées à hauts talons.

– Je suis prête, annonça-t-elle.

Le regard de Sean s'attarda sur elle comme une caresse, s'arrêtant un instant sur le décolleté qui mettait en valeur sa jolie poitrine.

– Tu es ravissante, Angela, murmura-t-il en passant un doigt sur l'une des boucles d'oreilles. Ce devrait être des diamants. Bientôt ce seront des diamants...

122

– Je n'en ai pas besoin, Sean.

– Chut, ma chérie. Je veux te couvrir des cadeaux les plus beaux.

Enlacés, ils quittèrent leur suite pour monter vers l'élégant restaurant. Le maître d'hôtel les accueillit comme un couple princier, pour les conduire vers une table tranquille, près de la baie vitrée panoramique. Une bouteille de champagne les attendait, tenue au frais dans un seau d'argent. Maxence contempla la vue magnifique qui s'offrait à leurs yeux. Sean lui indiqua l'*Hemisfere Plaza* qui se dressait nettement au milieu des lumière scintillantes de la ville.

Une musique douce leur parvenait du fond de la salle. Jamais la jeune femme n'avait vu son compagnon aussi beau, aussi séduisant. Ses yeux verts semblaient briller de mille éclats, tandis que le vin pétillant les grisait de fraîcheur. Le repas qu'ils goûtèrent sembla à Maxence la chose la plus délicieuse.

Lorsque Sean l'emmena danser sur la petite piste, elle se blottit contre lui. Ils se mouvaient dans une unité parfaite, comme s'ils s'étaient toute leur vie entraînés à cela. Son compagnon lui semblait remarquablement souple pour sa grande taille tandis que ses pas étaient nets et assurés. Le parfum qui se dégageait de lui demeurait plus entêtant que le champagne. Sans parler, ils glissaient sur le sol ciré, seuls au monde, perdus au milieu de la musique et des lumières tamisées.

A la fin du morceau, Sean l'étreignit et lui déposa un baiser sur le front.

– Veux-tu te promener sur le *paseo*?

Maxence accepta en soupirant de bien-être.

– Tu es ravissante, ce soir. Te l'ai-je dit?

– Au moins une douzaine de fois, mon chéri. Mais répète-le encore. J'adore te l'entendre dire.

Main dans la main, ils sortirent du restaurant, non sans s'arrêter auprès du maître d'hôtel pour le féliciter. Une fois dehors, ils se promenèrent le long de la rivière et sourirent devant un groupe d'adolescents faisant les clowns au milieu de quelques touristes en chantant *La Bamba*. Leurs cris résonnaient encore le long du canal, quand le couple traversa l'un des ponts pour admirer le jeu des lumières scintillant sur l'eau noire.

Soudain, quelqu'un bouscula la jeune femme qui heurta le muret de pierre. Sean la retint de justesse.

– Ça va?

– Mon sac! s'écria-t-elle, affolée, en apercevant une ombre qui courait vers la rive opposée. Sean, il m'a pris mon sac! Mes papiers étaient dedans!

Comme un enragé, Sean se lança à la poursuite du voleur, ses longues enjambées dévorant rapidement la distance qui les séparaient encore. Ne désirant pas être laissée pour compte, Maxence les suivit, mais ses talons la ralentissaient nettement. Ôtant une chaussure puis l'autre, elle les garda à la main et se remit à courir.

– Au voleur! hurla-t-elle alors qu'ils se ruaient le long de la rivière en se faufilant entre les tables et les promeneurs.

L'homme vint percuter un serveur portant un plateau de boissons et les verres s'écrasèrent avec fracas sur le sol pavé. Sean évita la panique de justesse et hurla au voleur de s'arrêter. Maxence fonça droit dans les débris mais continua à courir malgré les blessures qui lui brûlaient les pieds.

Sean gagnait du terrain. Arrivé à la hauteur de l'homme, il tendit le bras et, d'une poigne puissante, le saisit par la chemise au moment où ils approchaient dangereusement du bord de la rivière. Advint une bataille au cours de laquelle il put se saisir du sac qu'il arracha des mains du voleur. Puis la chemise céda et Sean tomba à l'eau avec force éclaboussures, pendant que son adversaire disparaissait dans la nuit.

Maxence parvint enfin à se frayer un chemin à travers la foule des badauds agglutinés au bord du canal et elle appela Sean dans un cri angoissé. Aidé de quelques passants, celui-ci sortait déjà de l'eau, le costume trempé et sa chevelure auburn dégoulinant sur son visage défait.

— Sean, mon Dieu !

— Il a disparu, évidemment, lâcha-t-il en étouffant un juron.

Puis, souriant, il leva une main victorieuse et lui tendit son sac.

— Voilà !

Maxence ne put s'empêcher d'éclater de rire tandis que les badauds applaudissaient. Et Sean exécuta devant elle un superbe salut.

— Je vous ai sauvé ce précieux bien, chère madame, articula-t-il avec déférence.

La jeune femme avait les larmes aux yeux. Jamais elle n'avait autant aimé Sean Garrett qu'à cet instant.

9

L'APRÈS-MIDI suivant, Maxence se trouvait dans la cuisine, pétrissant de la pâte sous la haute surveillance de Loma. La domestique rondelette portait les boucles d'oreilles rapportées par Sean et parlait de ses petits-enfants lorsque le maître des lieux entra, tenant à la main son costume en piteux état.

— Que sont donc en train de comploter dans mon dos les deux femmes de ma vie?

— Oh, *señor* Sean, reprit Loma surprise.

— L'une des femmes de ta vie m'explique comment faire ses fameux *muffins*. Si tu es très sage, je t'en préparerai un jour pour le petit déjeuner.

— Je suis toujours très sage, répliqua-t-il sur un ton offusqué. Tu as de la farine sur le nez... Je pars en ville afin de m'assurer qu'il y a peut-être quelque chose à tenter pour sauver ma pauvre armure. Tu viens avec moi?

— Non, je dois finir ceci. Cela t'ennuie?

— Tu fais ce que tu veux, mon ange. Je ne serai pas long. Prévois-tu quelque chose de spécial pour ce soir? Nous pourrions aller danser chez *Lonesome Joe.*

Prenant sa voix la plus nasillarde, Sean se mit à chanter en imitant le vieil artiste, puis il saisit la jeune femme par la taille et entama un pas de deux.

— Ne fais pas l'idiot, éclata-t-elle de rire. Je suis couverte de farine.

— Ou peut-être préfères-tu la polka? proposa-t-il en changeant de rythme.

— Tu es complètement fou!

— Fou de toi, oui, admit-il en lui déposant un baiser sur les lèvres devant une Loma hilare.

— Pouvons-nous y aller un autre soir, Sean? Je dois me coucher tôt. Nous commençons à forer demain.

— D'accord, ma chérie. Je serai de retour sous peu, nous nous baignerons alors.

Après son départ, Maxence se remit à pétrir la pâte en fredonnant sa chanson favorite, celle dédiée à Sean.

— Je n'ai jamais vu le *señor* Sean aussi heureux, commenta Loma. Je pense qu'il vous aime beaucoup. Et vous devez l'aimer, vous aussi. Alors, je crois qu'il y aura bientôt un mariage et des *niños* dans cette maison...

— Peut-être, articula Maxence, rêveuse.

Lorsque les petits pains furent prêts, elle les enfourna, se lava les mains et partit jouer de la guitare sur la terrasse. En attendant le retour de Sean. Au son de l'instrument, Sorcier accourut près de sa maîtresse et s'assit à ses pieds.

La jeune femme ne pouvait se rappeler avoir vécu plus heureuse. Il lui devenait impossible d'imaginer les jours et les nuits sans la présence de Sean. Les vilaines ombres de son passé lui paraissaient tellement loin, à présent... Une force créatrice l'animait. De nouveau horizons s'offraient à elle. Dracula en personne ne l'aurait pas fait flancher.

Le lendemain, elle et Goose trouveraient cette eau et elle pourrait tourner une page sur une vie qui n'était dorénavant plus la sienne. Elle paierait enfin ses dettes et pourrait recommencer à zéro, sans éprouver l'humiliation de demander son aide à Sean. Elle désirait qu'il la respecte.

En entendant le bruit d'une voiture, Maxence leva les yeux, s'attendant à voir déboucher la Jaguar au détour du chemin. A la place, elle aperçut la Charger bleue suivie d'un nuage de poussière. Portant la main à ses yeux, elle crut défaillir en reconnaissant le chauffeur. Elle agrippa le manche de sa guitare et observa nerveusement Sean qui descendait du véhicule. Il s'affichait un visage grimaçant de colère, après avoir visiblement découvert que Maxence lui avait menti en prétendant avoir laissé la Charger chez le mécanicien. La jeune femme s'attendait au pire.

Posant l'instrument contre le mur, elle se leva et prit une longue inspiration au moment où Sean la rejoignait. Il avait les muscles du cou tendus comme des arcs et son regard en disait long sur sa contrariété.

– Comment vas-tu m'expliquer ça? rugit-il en jetant le bras en direction de la camionnette.

La jeune femme fut saisie d'un terrible sentiment de culpabilité. Sous le regard livide de Sean, elle se sentit rapetisser et voulut disparaître sous terre. Une fois de plus, elle avait mal calculé.

— J'attends, articula-t-il les dents serrées.

— Je l'ai vendue, avoua-t-elle, l'air piteux.

— Oui, je m'en suis aperçu. Je l'ai trouvée garée au milieu des voitures d'occasion. Je l'ai rachetée à Jerry Bossart.

Ses beaux yeux verts étincelaient de rage.

— Je voudrais savoir pourquoi diable tu as décidé de vendre quelque chose que tu aimais tant et pourquoi tu m'as menti de la sorte!

— J'avais besoin d'argent, Sean. Pour mon projet.

— C'est l'explication la plus ridicule qu'on ait jamais donnée. Tu n'avais nullement besoin de vendre la Charger. Pour une fois, tu aurais pu ravaler ta fierté mal placée et venir m'en parler. Puisque tu as l'air si déterminée à poursuivre l'aventure dans laquelle tu t'es lancée, je t'ai dit au moins une douzaine de fois que je te donnerais tout l'argent nécessaire pour creuser au moins dix mille trous sur cette fichue colline!

A son tour, Maxence sentit monter en elle une sourde colère. Comment osait-il se planter ainsi devant elle et hurler de la sorte? Il commençait à lui rappeler son père. La tête haute, le corps bien droit, elle lui jeta :

— Tu n'as jamais vraiment cru en mes dons, n'est-ce-pas? Tu me prends pour une sorte de folle-dingue, une rêveuse pour qui il faut avoir quelque indulgence, c'est cela?

Le visage soudain défait, Sean s'approcha pour lui effleurer la joue.

— Angela...

— Je ne m'appelle pas Angela! rétorqua-t-elle en lui repoussant vivement la main.

— Tu ne crois pas que Goose et moi trouverons de l'eau, je le sais.

— Goose?

— Goose Gallagher. C'est le foreur que j'ai embauché. Il le croit, lui, que j'ai localisé une veine. Et quand nous aurons atteint l'eau, j'espère que toutes les vilaines insultes dont tu m'as agonie t'étrangleront. Tu peux remballer tes yeux verts et tout le reste.

Ce disant, Maxence tourna les talons et s'écarta d'un pas rageur, mais Sean la retint par les épaules et la secoua.

— Goose Gallagher? répéta-t-il, incrédule. Tu n'as pas fait la bêtise d'engager ce vieil ivrogne? Non d'un chien, Maxence, c'est complètement stupide!

Tremblante d'indignation, la géologue revit tout d'un coup l'image de son père en face d'elle et elle fut saisie d'horreur. Tous les reproches qu'il lui avait assenés, sa vie durant lui revenaient à la mémoire.

— Ne me traîte pas de stupide, Sean.

— Mais si! C'est stupide de fonder tes espoirs dans un vieux fou comme Goose! Tout le monde sait qu'il n'est bon qu'à se soûler à la bière.

— Ne me traite pas de stupide! s'insurgea-t-elle. Je ne suis pas stupide. Et cesse de me hurler à la figure en m'accusant de tous les défauts de la terre. Tu parles exactement comme mon père et je ne suis pas prête à accepter de nouveau ces horreurs. Ni de toi, ni de personne!

— Angela, je...

Se libérant de son étreinte, Maxence recula et l'observa. Sa poitrine se levait et s'abaissait en un rythme rapide et des larmes brûlantes lui montaient aux yeux.

— C'est plutôt... toi qui es stupide, lâcha-t-elle, tremblante. Goose et moi avons besoin de quelqu'un pour croire en nous.

Sean sentit une douche glacée se déverser sur lui. Qu'avait-il fait? Mon Dieu, il le savait parfaitement. Il s'était une fois de plus laissé emporter par la colère qui venait de lui dicter la pire des conduites. Et cela devant la femme qu'il aimait plus que tout au monde. Le cœur brisé, il se sentait désemparé. Il ne voulait que la protéger et n'avait pas mieux réussi que celui qui avait transformé l'existence de Maxence en enfer. Que n'aurait-il donné pour revenir dix minutes en arrière! Quel fou il était! Quel imbécile!

Sean donna un coup de pied rageur dans une pierre et se passa une main embarrassée dans les cheveux. S'il n'agissait pas rapidement, il allait la perdre pour de bon. Prenant ses jambes à son cou, il se précipita dans la maison.

Il trouva Maxence en train de faire hâtivement sa valise. Elle l'entendit entrer dans la chambre mais l'ignora.

— Ma chérie, pardonne-moi, articula-t-il. Je

regrette de t'avoir parlé ainsi. Je ne pensais pas ce que je disais. J'étais en colère.

Il la prit dans ses bras, mais la jeune femme resta raide et distante.

— Angela, je t'aime. Hurle, frappe-moi, je t'en supplie, ne pars pas.

Maxence le considéra d'un air glacial.

— Laisse-moi passer. Je dois prendre ma brosse à dents.

Sean s'exécuta mais en la suivant pas à pas. Elle le considéra comme l'on regarde un insecte nuisible, s'empara de sa valise et sortit de la maison. Dehors, elle alla chercher sa guitare et jeta ses affaires dans la vieille Jeep. Sorcier hésita puis sauta à l'arrière du véhicule avant de s'y coucher d'un air triste.

— Maxence, si tu tiens vraiment à partir, prends au moins la Charger au lieu de ce tas de ferraille.

— Non merci. J'avais l'intention de le racheter avec l'argent que j'aurais tiré du forage, mais puisque c'est toi qui l'as, tu la gardes.

Dégoûté, Sean poussa un profond soupir. Jamais il n'aurait cru pouvoir tomber si bas.

— As-tu encore la clé de la maison de Buck ? J'ai entendu dire que le voleur s'est fait prendre, la nuit dernière. Tu devrais y être tranquille.

— Je n'en ai pas besoin, répondit-elle en démarrant. Je trouverait où me loger ailleurs.

— Angela, je t'en prie, ne pars pas.

En arrivant à sa hauteur, Maxence ne lui accorda pas un regard. Longtemps après qu'elle eut disparu de sa vue, Sean demeura au bord du chemin, puis il rentra d'un pas lourd en se dirigeant vers sa chambre.

Au milieu du grand lit, il aperçut une paire de boucles d'oreilles en argent et le sac brodé de perles. Il s'assit, s'appuya les coudes sur les cuisses et saisit la pochette qu'il garda serrée entre ses paumes.

Jamais il ne s'était senti aussi seul. Aussi vide.

Maxence laissa tomber sa valise au pied du lit et déposa le sac de provisions sur la table en imitation bois. Cette chambre de motel n'était pas resplendissante mais elle était propre et contenait une petite cuisine. Elle avait dû se présenter à trois établissements différents avant d'en trouver un qui acceptait les chiens.

Dans une casserole cabossée, la jeune femme versa de l'eau pour Sorcier et lui ajouta un bol de nourriture, puis elle remplit le minuscule réfrigérateur de ce qu'elle venait d'acheter.

Après avoir ouvert le lit, elle s'affala sur les draps blancs et poussa un profond soupir. Elle serra les dents jusqu'à ce que ses mâchoires en deviennent douloureuses mais refusa de s'abandonner au chagrin qui l'étranglait depuis qu'elle avait quittée Sean. Avant de réfléchir davantage, la jeune géologue saisit le téléphone et appela son amie.

— Beth? C'est Maxence. Toujours rien?

— Bonjour, Maxence! J'allais justement t'appeler. Je suis clouée au lit avec un rhume carabiné. Deux couples ont visité la maison ce matin et ils semblaient vraiment intéressés. Peut-être l'un d'eux fera-t-il une offre valable.

— Sans doute. Mais je ne me fie plus à rien.

— Maxence, que se passe-t-il? Tu me sembles bizarre.

— Je vais bien, mentit-elle. C'est toi qui devrais appeler le docteur, ne crois-tu pas?

Les deux amies bavardèrent encore quelques instants puis Maxence lui donna le numéro du motel.

— Je demeure ici sous le nom d'Angela Maxwell, précisa-t-elle.

Allongée sur le lit, Maxence resta pensive jusqu'à ce que le chagrin surpasse le vide qu'elle ressentait. En dépit de ses efforts, la colère et les paroles cruelles de Sean revenaient lui hanter l'esprit en se mêlant aux accusations acides de son père. Des échos détestables montaient de toutes parts à l'assaut de son cerveau. Des larmes trop longtemps retenues s'échappèrent de ses paupières closes, accompagnées de sanglots qui lui secouèrent doucement la poitrine. Se cachant la tête sous l'oreiller, Maxence pleura jusqu'à l'épuisement.

Un peu plus tard, elle s'éveilla. La pièce était plongée dans le noir et le téléphone sonnait. A tâtons, elle chercha la lampe de chevet, l'alluma et décrocha l'appareil.

— Angela, j'ai mis un temps fou à te retrouver!

La jeune femme resta muette.

— Parle-moi, ma chérie. Il nous faut parler.

— Je ne veux pas. C'est fini. Je n'accepterai plus

jamais aucune sortie de la part de quiconque. Laisse-moi tranquille.

Calmement, elle reposa le récepteur.

Moins d'une minute après, le téléphone sonna de nouveau. Cette fois elle débrancha et se hissa hors du lit. Se débarrassant de ses vêtements, elle prit une longue douche bienfaisante. Enfin, vêtue de sa chemise de nuit, elle marcha pieds nus vers la petite cuisine et, sans aucun appétit, ouvrit le réfrigérateur. Avant qu'elle ait pu se décider, trois coups résonnèrent à la porte.

— Qui est-ce? demanda-t-elle avec méfiance.

— C'est moi, Sean. Laisse-moi entrer, Angela.

— Je n'ai rien à te dire. Laisse-moi tranquille et va-t'en.

Vérifiant que la chaîne était bien en place, elle retourna près du réfrigérateur. Les coups reprirent, plus insistants encore. Maxence les ignora et ouvrit une boîte de pâté qu'elle commença d'étaler sur un morceau de pain. Les battements à la porte redoublèrent en faisant cette fois trembler les vitres. La jeune femme attrapa une banane et l'éplucha consciencieusement.

— Maxence! hurla-t-il. Laisse-moi entrer. Nous avons à parler.

— Je te répète que nous n'avons rien à nous dire! lui cria-t-elle en retour.

Couché sous la table, Sorcier gémissait.

— Si tu ne m'ouvres pas, menaça Sean, de plus en plus furieux, je brise cette fichue porte!

— Sean, il est presque onze heures et les gens essaient de dormir! s'écria-t-elle en courant vers l'entrée. Tu vas réveiller toute la ville.

– Je n'en ai que faire. Angela, laisse-moi entrer.

– Si tu ne pars pas immédiatement, j'appelle la police.

Pensant qu'elle bluffait, Sean tenta d'ouvrir la fenêtre. Eh bien, il allait voir ce qu'il allait voir! la géologue se rua sur l'annuaire téléphonique de Kerrville, trouva le numéro et le composa. Rien ne se passa. La ligne était coupée. Bien sûr! Elle avait débranché l'appareil! Refaisant son geste à l'envers, elle essaya de nouveau et tomba sur un policier à qui elle indiqua le nom du motel et le numéro de sa chambre.

– Nous serons là dans une minute, la prévint-il.

Alors, calmement, elle alluma la télévision, s'installa sur le lit, se versa un verre de lait et attaqua sa tartine de pâté.

Lorsqu'elle aperçut le gyrophare de la police, elle se rua à la fenêtre. Sean se trouvait déjà plaqué contre le véhicule où il s'apprêtait à subir une fouille en règle.

Combattant un aigre sentiment de remords, la jeune femme caressa la tête du chien et alla se recoucher.

Un ciel gris menaçait les collines lorsque Maxence fit démarrer sa Jeep. L'aube n'était pas encore levée mais elle préférait autant attendre Goose sur le lieu du forage plutôt que rester sans sommeil dans cette chambre triste.

Arrivée en haut, la géologue arrêta son véhicule et sirota le café qu'elle avait apporté. La boisson encore brûlante ne revigora qu'à peine son corps fatigué et encore tendu par les contrariétés de la veille. Chaque fois qu'elle avait essayé de fermer les paupières, le visage de Sean s'était imposé à son esprit. Son sourire et ses yeux verts... Accusateurs. Moqueurs.

Sortant de la Jeep, elle erra quelque temps autour du monticule et admira le ciel bleuté qui s'éclaircissait. La beauté du spectacle lui redonna courage. Elle tiendrait le coup. C'était une battante.

Il y avait de l'eau sous la roche. Elle le savait. Et Goose Gallagher avait davantage foi en elle que Sean Garrett. Ce n'était pas une sordide histoire d'amour qui l'arrêterait.

Que ferait-elle après avoir reçu l'argent de Buck? Nashville, peut-être. Les chansons relatant un amour raté avaient généralement beaucoup de succès. Sa mésaventure avec Sean lui apporterait certainement de quoi en écrire plus d'une.

Observant les alentours, Maxence se mordit la lèvre. Il était huit heures et demie. Le soleil s'était levé pour se cacher aussi rapidement derrière les nuages. Où était Goose? Ils auraient dû commencer à forer depuis longtemps. Lui était-il arrivé un accident? Son vieux camion avait-il refusé de le monter jusqu'en haut?

Au moment où elle décidait de descendre à sa rencontre, un bruit de moteur rugissant sur le chemin attira son attention. C'était Goose. Poussant un soupir de soulagement, elle sourit et se leva pour l'accueillir.

137

Ce ne furent ni Goose ni son vieux camion qui vinrent s'arrêter à sa hauteur. C'était la Charger bleue, conduite par Sean Garrett. Le sourire de Maxence s'effaça mais elle garda sa dignité en le voyant approcher. Il portait un jean et le même tee-shirt que la veille. Seulement, à la différence d'hier, il lui apparut échevelé, tendu et désespéré. La jeune femme frémit en remarquant ses yeux rougis et elle dut fournir un effort immense pour ne pas courir vers lui et le prendre dans ses bras afin de le réconforter. Serrant les poings elle resta de glace.

— Que fais-tu ici? cracha-t-elle. Tu es venu regarder le forage?

— Non, répondit-il à voix basse. Je suis venu te parler et je repartirai pas sans l'avoir fait. D'ici, tu ne pourras pas avertir la police.

— Ils t'ont emmené en prison? demanda-t-elle, soudain prise de remords.

— Non. Je leur ai expliqué la situation et ils m'ont laissé partir. Angela, regarde-moi, supplia-t-il alors. Je ne peux te laisser détruire ce que nous avons de plus précieux et ce à cause d'une querelle. Je n'ai jamais voulu te faire du mal. Je me suis mis en colère et je t'ai raconté des choses horribles. Il m'est impossible de retirer ce que j'ai dit et je ne peux te promettre que nous ne nous disputerons plus. Mais, ma chérie, je voudrais que tu saches que je ne suis pas comme ton père.

S'approchant encore, il lui effleura la joue du revers de la main puis poursuivit :

— La grande différence entre lui et moi, c'est que je t'aime de tout mon cœur.

Maxence sentait sa gorge se serrer et les larmes lui monter aux yeux. Il lui semblait tellement facile de lui tomber dans les bras et de se convaincre que leurs problèmes avaient disparu comme par magie! Mais ce n'était pas si simple.

— Sean, murmura-t-elle, crois-tu en moi?

— Bien sûr, je crois en toi. Et sur de nombreux points. Je sais que tu es un être humain merveilleux, passionné, qui possède de plus un magnifique talent pour l'amour, le rire et qui sait prendre soin des autres. Tu es forte, fière et déterminée.

— Mais me crois-tu lorsque je te dis qu'il y a de l'eau sur cette colline? De l'eau pure et claire, à moins de trente mètres sous nos pieds?

Les mains de Sean se posèrent tendrement sur la nuque de la géologue tandis que ses pouces lui caressaient doucement les joues. Il détourna un instant le regard, puis ses yeux malheureux se posèrent à nouveau sur elle.

— Pour être franc, je ne sais pas. Par égard pour toi, Angela, je ne demande qu'à le croire. Mais mon cœur me dit oui, et... ma raison me crie le contraire.

Sean restait donc incapable de surmonter son scepticisme, même pour elle...

— Je vois...

— Mais tu ne vas pas laisser ce doute nous séparer? Maxence, nous nous aimons. Nous pouvons vivre une vie merveilleuse tous les deux. Je te donnerai tout ce dont tu as besoin. Tu n'auras plus à te soucier de rien.

– Voilà où le bât blesse, Sean : tu veux tout me donner. Mais je dois m'en tirer seule. J'ai besoin de connaître mes limites, de savoir ce dont je suis capable et surtout que tu me fasses confiance. C'est une question... d'amour-propre.

Reculant d'un pas, elle ajouta :

– Tu dois partir, à présent. J'attends Goose d'une minute à l'autre.

– Goose ne viendra pas.

– Que veux-tu dire ? demanda-t-elle, les yeux exorbités de surprise.

– Goose Gallagher est en prison.

10

LIVIDE, Maxence crut voir danser devant ses yeux une multitude de taches noires. L'espace d'un instant, Sean pensa qu'elle allait s'évanouir.

— En prison? C'est une blague, ou quoi?

— Non Angela. Tu as dû lui donner mon numéro, parce qu'il t'a appelée, ce matin. Il m'a chargé de te prévenir qu'il y avait un petit problème. Il s'est fait arrêter pour ivresse sur la voie publique.

— Pourquoi ne me l'as-tu pas dit tout de suite? explosa-t-elle alors.

— Parce que je voulais tenter de te parler d'abord.

— Tu peux aller au diable, Sean Garrett! Tu savais combien ce forage est important pour moi et tu n'as fait que me débiter un sermon au lieu de me prévenir. J'ai envie de t'étrangler. Disparais de ma vue!

— Où vas-tu? cria Sean en la voyant se précipiter vers la Jeep.

— A la prison, hurla-t-elle. Et si tu ne bouges

pas ta camionnette qui me barre la route, je te jure que je passe dessus!

— Je vais avec toi. Peut-être pourrai-je faire quelque chose.

Maxence se retourna vivement et le fixa.

— Tu ne t'occupes pas de mes affaires. Je suis capable de me débrouiller toute seule.

Sean eut juste le temps de déplacer la Charger avant que la jeune femme fonce dessus, le manquant de peu. Furieux, il regarda la vieille Jeep redescendre le chemin pierreux, cahotant sur ses mauvais amortisseurs et faisant gicler les cailloux derrière elle.

— Petite bornée! Tu vas te tuer! hurla-t-il.

Sorcier déboucha de derrière un monticule puis vint s'asseoir aux pieds de Sean qui alla ouvrir la portière de la Charger.

— On dirait que nos destins sont liés, mon vieux. Allez, viens avec moi. Au moins, elle me parle, même si elle crie. Est-ce bon signe?

Au moment où Maxence descendait de voiture, un coup de klaxon la fit se retourner.

— Il me semblait t'avoir dit que je voulais me débrouiller seule.

— Je viens seulement te faire remarquer que tu as oublié ton chien. Je le garde avec moi jusqu'à ce que tu viennes le chercher avec la rançon.

Sans ajouter un mot, il la planta là.

Furieuse, Maxence flanqua un coup de pied dans la roue de la Jeep et cria de rage. Qu'il attende un peu! Mais avant cela, elle devait aller sortir Goose de sa cellule. Puisqu'il en était à sa cinquième arrestation, elle dut payer près de deux cents dollars pour le libérer. Aussi contrit que confus, le vieil homme se laissa guider vers son camion.

— Goose, que s'est-il passé? demanda-t-elle enfin. Je comptais sur vous.

— Eh bien, la petite dame, je n'ai pas eu de chance. J'ai essayé de me dénicher un assistant. La moitié de ceux que je connaissais étaient morts, les autres m'ont ri au nez. Je n'ai pu trouver personne. C'est là où le malheur m'est tombé dessus : j'ai essayé de me consoler avec du bourbon mais on ne m'a servi que de la gnôle. Et ce matin, je me suis réveillé en taule. Je m'excuse, la petite dame, je savais que vous comptiez sur moi.

— Goose, demanda-t-elle avec impatience, si je vous trouve quelqu'un, vous sentez-vous prêt à commencer cet après-midi?

— Oui, sûr, dit-il dans un grand sourire édenté.

Après lui avoir fait jurer d'arriver sur le site, sobre et prêt à creuser, Maxence partit vers la société de forage où travaillait Mary Lou, la fameuse secrétaire. Celle-ci appela aussitôt un étudiant qui leur offrait de temps à autres ses services et qui promit d'aller chercher Goose et son matériel.

La jeune femme repassa par le motel et, seule dans sa chambre, commença à remuer de sombres pensées. Et si, comme le prétendait Sean, elle se trompait complètement? Peut-être ferait-elle mieux d'abandonner ses chimères... Non. Elle était forte. Il y avait de l'eau sur la colline et elle allait le prouver à Sean Garrett.

A deux heures, la jeune femme se trouvait de nouveau assise au bord du monticule, le moral complètement remonté. C'était le grand jour.

Il ne s'écoula guère de temps avant qu'elle entende ronfler le moteur du vieux camion de Goose. Chargé de son matériel de forage, le véhicule grimpait comme il le pouvait, suivi d'une camionnette noire conduite par Jim Clay, l'étudiant récemment embauché.

— Alors, la petite dame, où voulez-vous que nous creusions?

Maxence lui indiqua la rangée de bâtonnets et, ensemble, ils choisirent le meilleur endroit.

— Combien de temps cela prendra-t-il, selon vous? demanda-t-elle.

— Vous le voulez profond jusqu'où, votre puits?

— De vingt à trente mètres. L'eau ne devrait pas se trouver plus bas.

La jeune femme surprit le regard sceptique de Jim qui finit par se détourner en haussant les épaules.

— Alors mettons-nous au travail, déclara Goose. D'après moi, on devrait en avoir terminé demain avant le coucher du soleil.

Maxence s'écarta et regarda de loin travailler les deux hommes. Ils mirent la petite plate-forme sur pied à l'endroit choisi puis y hissèrent le derrik à l'aide de cordes. Elle fut étonnée de constater l'énergie avec laquelle œuvrait Goose. Terrifiée à l'idée qu'il puisse attraper une crise cardiaque, elle tenta d'intervenir mais Jim la

144

repoussa poliment. Avec diplomatie, il proposa au vieil homme une tâche moins pénible et prit sa place.

Après ce qui lui parut une éternité que Goose passa à huiler et cajoler son matériel avec patience, le moteur au propane se mit à vrombir. Tout était prêt pour le forage.

Les rugissements de la machine associés aux battements sourds du trépan dans le sol retentissaient dans toute la colline. Maxence observait les deux hommes, assis au bord de la plate-forme, protégés par un parasol délavé. Essuyant la sueur de son crâne chauve, Goose se leva et s'approcha d'elle.

— On va la faire venir, ma petite dame. Il n'y a pas grand-chose que vous puissiez faire, maintenant. Je vais entamer une partie de carte avec Jim pendant que la machine fait toute seule son boulot. On l'arrêtera à la tombée de la nuit et on recommencera demain au lever du jour.

Maxence hésitait à quitter le site, mais Goose avait raison. Elle ne pouvait plus rien faire. Promettant de les retrouver le lendemain matin, elle partit. Avant de rentrer au motel, elle passa par le magasin de vidéo et loua les deux films les plus horribles qu'elle connaissait. Ils lui occuperaient bien l'esprit, l'empêchant peut-être de penser au forage et... à Sean.

Une centaine de fois au moins elle s'était prise à espérer qu'il les rejoindrait sur le site. Les yeux clos, elle imaginait aisément ses bras puissants se refermant sur elle, son rire rauque résonnant à

145

ses oreilles. « Oh! Sean, songea-t-elle, si seulement tu pouvais comprendre... » Attendait-elle trop de lui? Sa fierté personnelle avait-elle tant d'importance?

Elle dîna d'un plat réfrigéré et se mit à regarder un des films loués. Pas une seule fois, elle n'éprouva la peur ni ne sentit ses cheveux se hérisser de frayeur. En fait, c'était même plutôt ennuyeux.

Avant qu'elle commence à visionner le second, le téléphone sonna. La jeune femme décrocha pour entendre ces quelques mots :

— Sorcier et moi nous nous languissons de toi.

Le son de sa voix, paresseuse et séduisante, la fit frissonner des pieds à la tête. Elle faillit crier qu'ils lui manquaient également mais se retint.

— Je pensais qu'il apprécierait davantage de se retrouver en compagnie de Bess que d'être enfermé ici, si cela ne te fait rien. Je passerai le prendre en quittant la ville, dimanche.

— Tu pars?

— Oui, répondit-elle en cachant le tremblement de sa voix. Goose a commencé à forer cet après-midi et il pense que nous en aurons fini demain en fin d'après-midi, si tout va bien. Une affaire urgente m'attend lundi à Houston.

La jeune femme ne jugea pas utile de préciser qu'avec un peu de chance, elle toucherait le chèque de Buck Barton le lendemain et sauverait ainsi sa maison des griffes des créanciers.

— Viens donc dîner à la maison. Loma nous prépare un poisson en espérant ta venue.

– J'ai déjà pris mon repas. Mais merci à toi et à Loma.

– Angela, je t'aime, lâcha-t-il tout d'un coup sur un ton qui la fit vibrer d'émotion. Je t'aime plus que tout. Il n'y aura jamais personne d'autre que toi dans ma vie. Reviens-moi, je t'en supplie. Donne-nous une autre chance.

Maxence restant muette, il ajouta :

– Je reste ici. Je t'attends.

Elle garda longtemps le récepteur contre l'oreille, écoutant les pulsations de la ligne mêlées à celles de son cœur. Des larmes lui coulèrent le long des joues et elle songea que Sean trouverait bien vite quelqu'un d'autre, quelqu'un méritant plus qu'elle son amour. Une femme ayant un passé familial normal. Une femme qui ne soit ni sorcière ni attirée par les monstres...

Ce chagrin passerait.

Maxence avait l'impression d'avoir grimpé la colline au moins une dizaine de fois, tant elle appréhendait l'idée de savoir ce qu'ils allaient découvrir. Elle était présente, buvant café sur café, lorsque Goose et Jim avaient recommencé de creuser, à l'aube. Le martelage constant du trépan contre la roche résonnait dans son cerveau, entêtant, enivrant.

– Il faut attendre encore, lui répétait inlassablement le vieil homme.

Tous les dix mètres, il venait faire son rapport à la jeune femme impatiente, en lui précisant qu'ils avaient de la chance de ne pas avoir rencontré trop de silex et que le forage allait bon train. Ces encouragements ne l'empêchaient pas de trouver le temps terriblement long.

Lorsqu'ils atteignirent vingt-deux mètres et stoppèrent la machine, Maxence n'était plus qu'une boule de nerfs. Incapable de rester plus longtemps à regarder sans agir, elle se mit à faire les cent pas, ignorant qu'une silhouette aux cheveux auburn l'observait aux jumelles. Sean était aussi nerveux qu'elle.

Quand le trépan se remit en route, Maxence ferma les yeux et pria tous les saints qu'elle connaissait. Elle se força à s'asseoir sur l'un des sièges de toile apporté avec le chargement et ouvrit une revue relatant de découvertes sur les sites maya.

Les ombres s'allongeaient sur la colline, lorsque Jim s'écria :

— Eh! regardez!

La géologue bondit de sa chaise comme si elle avait reçu un coup en plein cœur.

— Quoi? Qu'est-ce qu'il y a?

Le jeune homme lui indiqua les cordes retenant le trépan, complètement distendues.

— Qu'est-ce que cela veut dire?

— On a atteint une grotte, annonça solennellement Goose. Ou bien, c'est une veine...

Maxence retenait son souffle.

— Eh bien? demanda-t-elle alors que le vieil homme mesurait la profondeur.

— Vingt-trois mètres cinquante, expliqua-t-il, un sourire lui barrant le visage. De l'eau, pure et douce comme je n'en ai jamais vue. On en pompera près de cent trente-deux litres à la minute.

Maxence laissa échapper un cri de joie qui se répercuta à travers la colline. Riant et dansant sur place, elle alla embrasser Jim, puis Goose, plantant deux baisers sonores sur ses joues ridées.

— Nous avons réussi! Nom d'un chien, nous avons réussi!

Le vieux foreur affichait un air béat de bonheur, tandis que Jim, encore incrédule, secouait la tête. Goose stoppa le moteur et dit :

— Collez votre oreille contre le trou, mais faites attention à la graisse.

Sans se soucier de se tacher, la jeune femme enjamba les barres du derrick, s'agenouilla et écouta.

— Je l'entends, Goose. J'entends l'eau couler!

— Ah! ah! vous êtes bien la petite-fille de Dal Maxwell! Vous êtes tombée pile dessus. Quelques mètres plus loin et on l'aurait peut-être ratée... Tiens, on dirait qu'on a de la compagnie.

Un bruit de pneus sur les cailloux attira en effet leur attention. Lorsque Maxence aperçut Buck Barton, au volant d'une camionnette et accompagné d'une femme aux cheveux grisonnants, elle sauta de la plate-forme et courut vers eux en essuyant à la hâte ses mains graisseuses sur son jean. Le vieux chercheur de pétrole la présenta alors à Olive Barton, sa femme, dite Nounours.

— Je suis contente de faire enfin votre connaissance, madame, sourit Maxence. On m'a beaucoup parlé de vous.

– Moi aussi, j'ai entendu parler de vous. Je crois comprendre que c'est vous qui allez creuser un puits sur ma colline.

– Non, madame, précisa la géologue. Le puits est déjà creusé. Nous venons d'atteindre l'eau. Il y a là toute la quantité dont vous aurez besoin et bien davantage.

De joie, Buck éclata de rire et étreignit sa femme à l'en étouffer.

– Sacré nom d'un chien! Je t'avais dit, Nounours, qu'on pouvait compter sur cette fille. Attends que je mette la main sur mon chéquier.

Il faisait déjà nuit lorsque Maxence glissa la clé dans la serrure de la chambre numéro sept. Se sentant crasseuse et épuisée par tant d'émotions, elle se débarrassa rapidement de ses vêtements graisseux et se dirigea vers la douche. La sonnerie du téléphone retentit.

« Sean », pensa-t-elle aussitôt en se ruant sur l'appareil. Mais quelle ne fut pas sa déception d'entendre une voix nasillarde au bout du fil :

– Maxence? C'est Smith Bullock, de Nashville. Enfin! Je te cherche depuis le début de l'après-midi.

– Oh! Je suis désolée, répondit-elle à son agent. J'étais dehors, sur un forage

– Fort bien. Écoute, j'ai une bonne nouvelle pour toi. Es-tu assise?

Maxence sentit son cœur démarrer à cent à l'heure.

– Oui, articula-t-elle, tremblante.

150

— Je viens de vendre cinq de tes chansons à une de nos vedettes qui en est tombée folle. Elle voudrait également voir tout ce que tu as composé.

Lorsqu'elle apprit le nom de l'artiste, la jeune femme crut s'évanouir. C'était une de ces chanteuses favorites et pratiquement chacun de ses albums avait été disque d'or. La surprise fut encore plus grande quand elle apprit le contrat qu'il lui proposait.

— Quand la nouvelle se saura, ajouta-t-il, tu commenceras à être très demandée. Te voilà sur les rails, ma jolie.

Après avoir raccroché, Maxence resta un instant rêveuse. Elle n'en croyait pas ses oreilles. Angela Maxwell Strahan devenait auteur-compositeur officielle! Les bras lui en tombaient. Un sourire émerveillé aux lèvres, elle s'affala sur le lit. Son rêve devenait enfin réalité.

Le téléphone sonnait encore lorsqu'elle sortit de la douche. S'entourant rapidement le corps d'une serviette, elle courut répondre.

— Maxence? C'est Beth. Ton agent t'a trouvée? Je lui ai donné ton numéro.

— Oui et tu ne sauras jamais ce qu'il vient de m'annoncer.

Elle lui raconta en détail sa conversation avec Smith puis, l'air solennel, lui déclara :

— Et ce n'est pas tout : nous avons atteint l'eau aujourd'hui. Ce doit être mon jour de chance. Je ne vois pas ce qui pourrait m'arriver de mieux.

« Oh! si », lui insinua une toute petite voix intérieure.

— Alors, tiens-toi bien, Maxence, j'ai une autre nouvelle pour toi. L'agence vient d'appeler : quelqu'un est prêt à acheter la maison au prix que tu demandes.

— Vraiment?

— Vraiment? Son passé financier est clair comme de l'eau de roche et la famille veut s'y installer le mois prochain.

— Je n'arrive pas à le croire. Ce n'est pas possible, d'autant que je n'ai plus besoin de vendre cette maison.

— Tu veux changer d'avis? Tu as jusqu'à demain.

— Oui. Non. Je ne sais plus. Je pourrais m'installer à Nashville, aussi. Je dois réfléchir à tout cela. Mon cerveau en a trop vu, aujourd'hui. Il n'en peut plus.

Après avoir remercié son amie, Maxence esquissa un pas de danse puis passa une robe de chambre et se sécha les cheveux. Tous ses espoirs se réalisaient. Buck avait ajouté sur le chèque une prime de cinq mille dollars; la maison allait être vendue; ses chansons la rendraient célèbre. C'était le succès sur toute la ligne.

Sur toute la ligne? Non. Sean manquait à son bonheur, à son triomphe. Maxence avait sauvé sa fierté. Mais qu'était la fierté sans amour? La satisfaction momentanée de son amour-propre ne lui apportait aucune chaleur. La fierté restait froide.

Sean avait raison. Il ne ressemblait en rien à son père qui s'était montré haineux et égoïste devant une enfant sans défense, retirée dans un monde de silence. Sa rencontre avec Sean ne s'était pas passée ainsi. Cet homme l'aimait et acceptait tout d'elle. Et puis, après les événements de la journée, il avait certainement refoulé son scepticisme. Mais lui donnerait-il encore une chance? Elle l'avait maltraité en refusant son amour. Or, à présent, Maxence était prête à donner n'importe quoi pour qu'il l'appelle ou apparaisse à sa porte.

Prenant sa guitare, elle en caressa le bois blond puis en gratta doucement les cordes. Enfin, elle se mit à chanter, pensant à Sean, souhaitant sa venue, l'attirant à elle par la puissance de son amour.

Mais Sean possédait lui aussi sa fierté. Aveuglée par la sienne, Maxence avait trop souvent piétiné celle de l'homme qu'elle aimait. Il lui avait dit qu'il l'attendait. C'était maintenant à son tour de faire le premier pas.

Sautant du lit, elle alla enfiler un pantalon noir et un sweater rouge. Puis elle se maquilla légèrement, chaussa ses bottes et passa sa veste de toile dans la poche de laquelle elle glissa une lampe de poche. Le sourire aux lèvres, elle ouvrit la porte de la chambre et s'arrêta net. Sur le seuil trônait un énorme bouquet d'orchidées d'un mètre cinquante de haut, étrangement monté en forme de Y et ressemblant à... la baguette d'un sourcier.

Interdite, Maxence ouvrit l'enveloppe épinglée à l'une des branches et y trouva un mot daté de la veille : « Félicitations, adorable petite sorcière. Je t'attends. »

Sean avait donc commandé ces fleurs avant même de savoir s'ils allaient atteindre l'eau, en s'arrangeant pour ne les faire livrer qu'après la réussite de l'opération... Bouleversée, Maxence passa les doigts sur les pétales mauves et murmura :

— Sean Garrett... Quelle délicate attention...

Avançant à pas de loup sur le gazon, Maxence s'approcha en silence de la fenêtre. Aucune lumière ne filtrait de la chambre de Sean. Doucement, elle leva le châssis de bois et passa une jambe à l'intérieur.

Une poigne de fer lui enserra la cheville.

— Je croyais que tu ne viendrais jamais, murmura une voix familière accompagnée d'un jappement joyeux.

— Sean ! Comment savais-tu que c'était moi ?

— Sorcier t'a sentie arriver, ma chère, répondit-il en l'entourant de ses bras. D'autre part, je te vois mal diriger un commando : ta lampe de poche éclairait la maison entière et un éléphant se serait montré plus discret.

— Un éléphant !

— Oui, un ravissant petit éléphant.

Un long moment ils se tinrent enlacés, sans un mot. Puis Maxence annonça :

— Goose et moi avons atteint l'eau.

— Je sais. Buck m'a appelé. C'est merveilleux, Angela. Je suis tellement fier de toi...

— Et je viens de vendre cinq de mes chansons pour un album, ajouta-t-elle.

— Fantastique. Je savais bien que cela arriverait. Tu as tellement de talent! A présent, je ne te laisse plus partir.

— Sean, j'ai tant de choses à t'expliquer...

— Mon ange, je veux seulement que tu me dises que tu m'aimes et que tu acceptes de m'épouser le plus vite possible.

— Je t'aime, Sean Garrett. De tout mon cœur. Et je te promets de t'épouser le plus vite possible.

Leurs lèvres se rencontrèrent dans un baiser plus enivrant que tous les aphrodisiaques des dieux.

— Sean, nous avons à parler, articula-t-elle enfin.

— Plus tard, mon amour. Nous avons tout le temps.

— Sean, insista-t-elle, pourquoi as-tu fait envoyer des fleurs avant que nous ayons trouvé l'eau?

— Parce que je croyais en toi, mon amour. Je savais que tu découvrirais cette source vive. Et loin de toi, je... mourais de soif.

CLUB PASSION

Nos trois parutions
de décembre 89

N° 61 *Rendez-vous nocturne* par Margaret MAL-KIND

Rires, spectacles, nuits de sortilèges dans le dédale du doute et de l'amour : n'est-ce pas lorsque tout paraît enchanté qu'il faut se méfier des illusions? Mia Taylor ne peut pas croire que sa mère mène une double vie. C'est pourtant ce que Boyd Baxter prétend. Et il veut le prouver en l'entraînant dans d'étranges excursions nocturnes, pour le plaisir ou pour le pire...

N° 62 *L'amour du magicien* par Kathleen CREIGHTON

Rêvant au clair de lune, l'éminent scientifique Charles Ward trouve la maison de son enfance de plus en plus hantée par les souvenirs et il se demande si sa solitude cessera un jour. Mais l'arrivée inattendue d'une inconnue accompagnée de sa petite fille interrompt sa méditation. Elizabeth fera naître en lui une vague de nostalgie autant que d'émotions intenses. Dans les yeux de ce savant romantique, elle devine une mélancolie qui fait écho à la sienne.

N° 63 *L'été de Galvestone* par Sandra BROWN

Lawrence Kincaid, astronaute célèbre, trouve depuis plusieurs semaines des lettres de menaces dans sa boîte aux lettres. Il ne se doute pas que ses recherches pour retrouver le maître-chanteur vont le mener quinze années en arrière et bouleverser sa vie. Cette année-là à Galvestone, il avait, le temps d'un été, aimé Sharon Hutton...

PASSION – LA SAGA DES DELANEY

LES TROIS FRÈRES DE SHAMROCK

1. Mai 89, K. Hooper, *Rafe le Rebelle*
2. Mai 89, I. Johansen, *York l'Aventurier*
3. Mai 89, F. Preston, *Burt le Mystérieux*

LES DELANEY DE KILLARA

4. Septembre 89, K. Hooper, *Adélaïde l'Enchanteresse*
5. Octobre 89, I. Johansen, *Matilda l'Indomptable*
6. Novembre 89, F. Preston, *Sydney la Tentatrice*

LES ANNÉES DE GLOIRE

7. Décembre 89, I. Johansen, *L'orgueil des Delaney*
8. Janvier 90, I. Johansen, *La dynastie Delaney*
9. Février 90, K. Hooper, *Les flammes d'or*
10. Mars 90, I. Johansen, *Les foudres d'argent*
11. Avril 90, F. Preston, *Les feux de cuivre*
12. Mai 90, K. Hooper, *Caresse de velours*
13. Juin 90, I. Johansen, *Souffle de satin*
14. Juillet 90, F. Preston, *Orage de soie*

Passion

LA SAGA DES DELANEY

LES DELANEY DE KILLARA

N° 4 *Adélaïde l'enchanteresse* par Kay HOOPER – septembre 89

Adélaïde est jockey. Et si elle adore les chevaux, courir n'est pas pour elle une véritable passion, mais un défi lancé contre le temps et toutes les choses raisonnables. Hélas, c'est aussi un pari dangereux. Si dangereux que Steve Marston, le plus séduisant des entraîneurs du Nouveau Monde, tombé sous le charme d'Adélaïde, voudrait bien l'empêcher de risquer leur amour...

N° 5 *Matilda l'indomptable* par Iris JOHANSEN – octobre 89

Roman Gallagher, le cinéaste australien, s'apprête à tourner un film sur les premiers mineurs d'opale. Mais lorsque la procession de caravanes est brusquement arrêtée, c'est par une ravissante jeune femme très déshabillée. Que fait-elle dans une mine abandonnée depuis vingt ans, en compagnie d'un vieillard aborigène qui lui prédit l'avenir en phrases énigmatiques ?

N° 6 *Sydney la tentatrice* par Fayrene PRESTON – novembre 89

Sydney Delaney n'a qu'un désir en arrivant au casino de l'île que possède le mystérieux Nicholas Charron : amasser une petite fortune. Nicholas tombe sous le charme de la jeune Australienne mais son ténébreux passé l'autorisera-t-il à quitter l'ombre vers l'espoir d'un amour radieux ?

LA COMPOSITION, L'IMPRESSION ET LE BROCHAGE DE CE LIVRE
ONT ÉTÉ EFFECTUÉS PAR LA SOCIÉTÉ NOUVELLE FIRMIN-DIDOT
MESNIL-SUR-L'ESTRÉE
POUR LE COMPTE DES PRESSES DE LA CITÉ
LE 6 NOVEMBRE 1989

Imprimé en France
Dépôt légal : décembre 1989
N° d'impression : 12369